徐志摩

徐志摩 著

我有的只是爱

浙江文艺出版社
Zhejiang Literature & Art Publishing House

图书在版编目（CIP）数据

徐志摩：我有的只是爱 / 徐志摩著 . —杭州：浙江文艺出版社，2024.5
ISBN 978-7-5339-7514-2

Ⅰ.①徐… Ⅱ.①徐… Ⅲ.①散文集—中国—现代 Ⅳ.①I266

中国国家版本馆 CIP 数据核字（2024）第 049464 号

统　　筹	王晓乐	封面设计	广　岛
责任编辑	邓东山	封面插画	Stano
责任校对	牟杨茜	营销编辑	张恩惠
责任印制	吴春娟	数字编辑	姜梦冉　诸婧琦

徐志摩：我有的只是爱

徐志摩 著

出版发行　浙江文艺出版社
地　　址　杭州市环城北路 177 号
邮　　编　310006
电　　话　0571-85176953（总编办）
　　　　　0571-85152727（市场部）
制　　版　杭州天一图文制作有限公司
印　　刷　杭州丰源印刷有限公司
开　　本　880 毫米×1230 毫米　1/32
字　　数　133 千字
印　　张　7.625
插　　页　2
版　　次　2024 年 5 月第 1 版
印　　次　2024 年 5 月第 1 次印刷
书　　号　ISBN 978-7-5339-7514-2
定　　价　39.80 元

出版说明

　　自五四新文化运动以来，中国文学面目一新。在中西方文化的碰撞与融合中，小说、诗歌、戏剧等文学形式完成蜕变与新生，而散文以其自由自在的天性，踵事增华，其成果蔚为大观。

　　郁达夫认为，较之古代的"文"，现代中国散文有三点特异之处，即"'个人'的发见""内容范围的扩大""人性，社会性，与大自然的调和"（《中国新文学大系·散文二集·导言》）。散文家们兼收并蓄，将万事万物融于一心，"以我手写我口"，取径不同，或叙事、抒情、议论，或写人、描景、状物；风格各异，或蕴藉、洗练、飞扬，或磅礴、绮丽、缜密。就应用而言，以学识、阅历、心境为核心的小品文，以小见大，言近旨远，张扬个人性情；以观察、讽刺、同情为底色的杂文，见微知著，刚柔相济，召唤战斗精神……种种流派，非止一端。

　　为了给当代读者提供一套选目得当、编校精良的散文选本，我们推出"名家散文"系列，从灿若星辰的中国现代散文家中遴选出一批作者，精选其散文创作中的经典作品，结集成册，以飨读者，或可视作对百年现代中国散文的一次阶段性回顾与总结。我们相信，尽管这些作品产生的背景千差万别，但其呈现的智识与感性、追求与希冀，是跨越时空而能与读者共鸣的。我们也相信，经典之所以为经典，因其经得起时间的汰洗，这里的文章，初读，是迎面撞上万千世界，吉光片羽，亦足珍惜；再读，则是与无数智者的重逢，向内发现自己，向外发现众生。

文学的历史同时也是一部语言文字的历史，而汉语的标准化也随着时间的推移不断地演变、更新。五四白话文运动以来，文学语言流动而多变，呈现出丰富和复杂的样貌。文字、词汇、语法的繁芜丛杂背后，是思想文化的多元与活跃，也是作家不同审美取向和个人风格的展现。因此，我们在编辑过程中尽量尊重文章原刊或初版时的面貌，使读者能够感受到语言的时代特色，比如"的""地""底"共存的现象。同时，考虑到读者尤其是学生的阅读需求，我们按当下的规范做了有限度的修订。

编辑出版工作中难免存在不足之处，热忱欢迎广大读者批评指正。

浙江文艺出版社

目　录

翡冷翠山居闲话

海滩上种花

我忘不了你

翡冷翠
山居闲话

我这一生的周折，大都寻得出感情的线索。

泰山日出[①]

　　振铎来信要我在《小说月报》的泰戈尔号上说几句话。我也曾答应了，但这一时游济南游泰山游孔陵，太乐了，一时竟拉不拢心思来做整篇的文字，一直挨到现在期限快到，只得勉强坐下来，把我想得到的话不整齐的写出。

　　我们在泰山顶上看出太阳。在航过海的人，看太阳从地平线下爬上来，本不是奇事；而且我个人是曾饱饫过江海与印度洋无比的日彩的。但在高山顶上看日出，尤其在泰山顶上，我们无餍的好奇心，当然盼望一种特异的境界，

---

① 原刊1923年9月《小说月报》第14卷第9号。

与平原或海上不同的。果然，我们初起时，天还暗沉沉的，西方是一片的铁青，东方些微有些白意，宇宙只是——如用旧词形容——一体莽莽苍苍的。但这是我一面感觉劲烈的晓寒，一面睡眼不曾十分醒豁时约略的印象。等到留心回览时，我不由得大声的狂叫——因为眼前只是一个见所未见的境界。原来昨夜整夜暴风的工程，却砌成一座普遍的云海。除了日观峰与我们所在的玉皇顶以外，东西南北只是平铺着弥漫的云气，在朝旭未露前，宛似无量数厚毳长绒的绵羊，交颈接背的眠着，卷耳与弯角都依稀辨认得出。那时候在这茫茫的云海中，我独自站在雾霭溟蒙的小岛上，发生了奇异的幻想——

我躯体无限的长大，脚下的山峦比例我的身量，只是一块拳石；这巨人披着散发，长发在风里像一面墨色的大旗，飒飒的在飘荡。这巨人竖立在大地的顶尖上，仰面向着东方，平拓着一双长臂，在盼望，在迎接，在催促，在默默的叫唤；在崇拜，在祈祷，在流泪——在流久慕未见而将见悲喜交互的热泪……

这泪不是空流的，这默祷不是不生显应的。

巨人的手，指向着东方——

东方有的，在展露的，是什么？

东方有的是瑰丽荣华的色彩，东方有的是伟大普照的光明——出现了，到了，在这里了……

玫瑰汁，葡萄浆，紫荆液，玛瑙精，霜枫叶——大量的染工，在层累的云底工作；无数蜿蜒的鱼龙，爬进了苍白色的云堆。

一方的异彩，揭去了满天的睡意，唤醒了四隅的明霞——光明的神驹，在热奋地驰骋……

云海也活了；眠熟了兽形的涛澜，又回复了伟大的呼啸，昂头摇尾的向着我们朝露染青馒形的小岛冲洗，激起了四岸的水沫浪花，震荡着这生命的浮礁，似在报告光明与欢欣之临在……

再看东方——海句力士已经扫荡了他的阻碍，雀屏似的金霞，从无垠的肩上产生，展开在大地的边沿。起……起……用力，用力。纯焰的圆颅，一探再探的跃出了地平，翻登了云背，临照在天空……

歌唱呀，赞美呀，这是东方之复活，这是光明的胜利……

散发祷祝的巨人，他的身彩横亘在无边的云海上，已经渐渐的消翳在普遍的欢欣里；现在他雄浑的颂美的歌声，也已在霞彩变幻中，普彻了四方八隅……

听呀，这普彻的欢声；看呀，这普照的光明！

这是我此时回忆泰山日出时的幻想，亦是我想望泰戈尔来华的颂词。

北戴河海滨的幻想[1]

　　他们都到海边去了。我为左眼发炎不曾去。我独坐在前廊，偎坐在一张安适的大椅内，袒着胸怀，赤着脚，一头的散发，不时有风来撩拂。清晨的晴爽，不曾消醒我初起时睡态；但梦思却半被晓风吹断。我阖紧眼帘内视，只见一斑斑消残的颜色，一似晚霞的余赭，留恋地胶附在天边。廊前的马樱，紫荆，藤萝，青翠的叶与鲜红的花，都将他们的妙影映印在水汀上，幻出幽媚的情态无数；我的臂上与胸前，亦满缀了绿荫的斜纹。从树荫的间隙平望，正见海湾：海波亦似被晨曦唤醒，黄蓝相间的波光，在欣

---

① 原刊1924年6月21日《晨报副刊·文学旬刊》。

然的舞蹈。滩边不时见白涛涌起，迸射着雪样的水花。浴线内点点的小舟与浴客，水禽似的浮着；幼童的欢叫，与水波拍岸声，与潜涛呜咽声，相间的起伏，竞报一滩的生趣与乐意。但我独坐的廊前，却只是静静的，静静的无甚声响。妩媚的马樱，只是幽幽的微颤着，蝇虫也敛翅不飞。只有远近树里的秋蝉，在纺纱似的垂引他们不尽的长吟。

在这不尽的长吟中，我独坐在冥想。难得是寂寞的环境，难得是静定的意境；寂寞中有不可言传的和谐，静默中有无限的创造。我的心灵，比如海滨，生平初度的怒潮，已经渐次的消翳，只剩有疏松的海砂中偶尔的回响，更有残缺的贝壳，反映星月的辉芒。此时摸索潮余的斑痕，追想当时汹涌的情景，是梦或是真，再亦不须辨问，只此眉梢的轻皱，唇边的微晒，已足解释无穷奥绪，深深的蕴伏在灵魂的微纤之中。

青年永远趋向反叛，爱好冒险；永远如初度航海者，幻想黄金机缘于浩渺的烟波之外；想割断系岸的缆绳，扯起风帆，欣欣的投入无垠的怀抱。他厌恶的是平安，自喜的是放纵与豪迈。无颜色的生涯，是他目中的荆棘；绝海与凶巇，是他爱取自由的途径。他爱折玫瑰：为她的色香，亦为她冷酷的刺毒。他爱搏狂澜：为他的庄严与伟大，亦为他吞噬一切的天才，最是激发他探险与好奇的动机。他崇拜冲动：不可测，不可节，不可预逆，起，动，消歇皆在无形中，狂飙似的倏忽与猛烈与神秘。他崇拜斗争：从斗争中求剧烈的生命之意义，从斗争中求绝对的实在，在血染的战阵中，呼叫胜利之狂欢或歌败丧的哀曲。

幻象消灭是人生里命定的悲剧；青年的幻灭，更是悲剧中的悲剧，夜一般的沉黑，死一般的凶恶。纯粹的，猖狂的热情之火，不同阿拉亭的神灯，只能放射一时的异彩，不能永久的朗照；转瞬间，或许，便已敛熄了最后的焰舌，只留存有限的余烬与残灰，在未灭的余温里自伤与自慰。

流水之光，星之光，露珠之光，电之光，在青年的妙目中闪耀，我们不能不惊讶造化者艺术之神奇，然可怖的黑影，倦与衰与饱餍的黑影，同时亦紧紧的跟着时日进行，仿佛是烦恼，痛苦，失败，或庸俗的尾曳，亦在转瞬间，彗星似的扫灭了我们最自傲的神辉——流水涸，明星没，露珠散灭，电闪不再！

在这艳丽的日辉中，只见愉悦与欢舞与生趣，希望，闪烁的希望，在荡漾，在无穷的碧空中，在绿叶的光泽里，在虫鸟的歌吟中，在青草的摇曳中——夏之荣华，春之成功。春光与希望，是长驻的；自然与人生，是调谐的。

在远处有福的山谷内，莲馨花在坡前微笑，稚羊在乱石间跳跃，牧童们，有的吹着芦笛，有的平卧在草地上，仰看变幻的浮游的白云，放射下的青影在初黄的稻田中缥缈地移过。在远处安乐的村中，有妙龄的村姑，在流涧边照映她自制的春裙；口衔烟斗的农夫三四，在预度秋收的丰盈，老妇人们坐在家门外阳光中取暖，她们的周围有不少的儿童，手擎着黄白的钱花在环舞与欢呼。

在远——远处的人间，有无限的平安与快乐，无限的春光……

在此暂时可以忘却无数的落蕊与残红；亦可以忘却花荫中掉下的枯叶，私语地预告三秋的情意；亦可以忘却苦恼的僵瘪的人间，阳光与雨露的殷勤，不能再恢复他们腮颊上生命的微笑；亦可以忘却纷争的互杀的人间，阳光与雨露的仁慈，不能感化他们凶恶的兽性；亦可以忘却庸俗的卑琐的人间，行云与朝露的丰姿，不能引逗他们刹那间的凝视；亦可以忘却自觉的失望的人间，绚烂的春时与媚草，只能反激他们悲伤的意绪。

我亦可以暂时忘却我自身的种种；忘却我童年期清风白水似的天真；忘却我少年期种种虚荣的希冀；忘却我渐次的生命的觉悟；忘却我热烈的理想的寻求；忘却我心灵中乐观与悲观的斗争；忘却我攀登文艺高峰的艰辛；忘却刹那的启示与彻悟之神奇；忘却我生命潮流之骤转；忘却我陷落在危险的旋涡中之幸与不幸；忘却我追忆不完全的

梦境；忘却我大海底里埋着的秘密；忘却曾经刳割我灵魂的利刃，炮烙我灵魂的烈焰，摧毁我灵魂的狂飙与暴雨；忘却我的深刻的怨与艾；忘却我的冀与愿；忘却我的恩泽与惠感；忘却我的过去与现在……

过去的实在，渐渐的膨胀，渐渐的模糊，渐渐的不可辨认；现在的实在，渐渐的收缩，逼成了意识的一线，细极狭极的一线，又裂成了无数不相联续的黑点……黑点亦渐次的隐翳，幻术似的灭了，灭了，一个可怕的黑暗的空虚……

翡冷翠^①山居闲话

在这里出门散步去，上山或是下山，在一个晴好的五月的向晚，正像是去赴一个美的宴会，比如去一果子园，那边每株树上都是满挂着诗情最秀逸的果实，假如你单是站着看还不满意时，只要你一伸手就可以采取，可以恣尝鲜味，足够你性灵的迷醉。阳光正好暖和，决不过暖；风息是温驯的，而且往往因为他是从繁花的山林里吹度过来，他带来一股幽远的澹香，连着一息滋润的水气，摩挲着你的颜面，轻绕着你的肩腰，就这单纯的呼吸已是无穷的愉

---

① 翡冷翠，通译佛罗伦萨，意大利中部城市，文艺复兴时期欧洲最著名的艺术中心。

快；空气总是明净的，近谷内不生烟，远山上不起霭，那美秀风景的全部正像画片似的展露在你的眼前，供你闲暇的鉴赏。

作客山中的妙处，尤在你永不须踌躇你的服色与体态；你不妨摇曳着一头的蓬草，不妨纵容你满腮的苔藓；你爱穿什么就穿什么；扮一个牧童，扮一个渔翁，装一个农夫，装一个走江湖的桀卜闪①，装一个猎户；你再不必提心整理你的领结，你尽可以不用领结，给你的颈根与胸膛一半日的自由，你可以拿一条这边艳色的长巾包在你的头上，学一个太平军的头目，或是拜伦那埃及装的姿态；但最要紧的是穿上你最旧的旧鞋，别管他模样不佳，他们是顶可爱的好友，他们承着你的体重却不叫你记起你还有一双脚在你的底下。

这样的玩顶好是不要约伴，我竟想严格的取缔，只许你独身；因为有了伴多少总得叫你分心，尤其是年轻的女伴，那是最危险最专制不过的旅伴，你应得躲避她像你躲避青草里一条美丽的花蛇！平常我们从自己家里走到朋友的家里，或是我们执事的地方，那无非是在同一个大牢里从一间狱室移到另一间狱室去，拘束永远跟着我们，自由

---

① 桀卜闪，通译吉卜赛人，以过游荡生活为特点的一个民族。

永远寻不到我们；但在这春夏间美秀的山中或乡间你要是有机会独身闲逛时，那才是你福星高照的时候，那才是你实际领受，亲口尝味，自由与自在的时候，那才是你肉体与灵魂行动一致的时候；朋友们，我们多长一岁年纪往往只是加重我们头上的枷，加紧我们脚胫上的链，我们见小孩子在草里在沙堆里在浅水里打滚作乐，或是看见小猫追他自己的尾巴，何尝没有羡慕的时候，但我们的枷，我们的链永远是制定我们行动的上司！所以只有你单身奔赴大自然的怀抱时，像一个裸体的小孩扑入他母亲的怀抱时，你才知道灵魂的愉快是怎样的，单是活着的快乐是怎样的，单就呼吸单就走道单就张眼看耸耳听的幸福是怎样的。因此你得严格的为己，极端的自私，只许你，体魄与性灵，与自然同在一个脉搏里跳动，同在一个音波里起伏，同在一个神奇的宇宙里自得。我们浑朴的天真是像含羞草似的娇柔，一经同伴的抵触，他就卷了起来，但在澄静的日光下，和风中，他的姿态是自然的，他的生活是无阻碍的。

你一个人漫游的时候，你就会在青草里坐地仰卧，甚至有时打滚，因为草的和暖的颜色自然的唤起你童稚的活泼；在静僻的道上你就会不自主的狂舞，看着你自己的身影幻出种种诡异的变相，因为道旁树木的阴影在他们纡徐的婆娑里暗示你舞蹈的快乐；你也会得信口的歌唱，偶尔记起断片的音调，与你自己随口的小曲，因为树林中的莺燕告诉你春光是应得赞美的；更不必说你的胸襟自然会跟着曼长的山径开拓，你的心地会看着澄蓝的天空静定，你的思想和着山壑间的水声，山罅里的泉响，有时一澄到底的清澈，有时激起成章的波动，流，流，流入凉爽的橄榄林中，流入妩媚的阿诺河去……

并且你不但不须应伴，每逢这样的游行，你也不必带书。书是理想的伴侣，但你应得带书，是在火车上，在你住处的客室里，不是在你独身漫步的时候。什么伟大的深沉的鼓舞的清明的优美的思想的根源不是可以在风籁中，云彩里，山势与地形的起伏里，花草的颜色与香息里寻得？自然是最伟大的一部书，葛德①说，在他每一页的字句里我们读得最深奥的消息。并且这书上的文字是人人懂得的；阿尔帕斯②与五老峰，雪西里③与普陀山，来因河与扬子江，梨梦湖④与西子湖，建兰与琼花，杭州西溪的芦雪与威尼

---

① 葛德，通译歌德（1749—1832），德国诗人、剧作家、思想家，著有诗剧《浮士德》等。

② 阿尔帕斯，通译阿尔卑斯，欧洲南部的山脉，有多处景色迷人的山口，为著名旅游胜地。

③ 雪西里，通译西西里，地中海最大的岛屿，属意大利。

④ 梨梦湖，即日内瓦湖，在瑞士西南与法国东部边境，是著名的风景区和疗养地。

市①夕照的红潮，百灵与夜莺，更不提一般黄的黄麦，一般紫的紫藤，一般青的青草同在大地上生长，同在和风中波动——他们应用的符号是永远一致的，他们的意义是永远明显的，只要你自己心灵上不长疮瘢，眼不盲，耳不塞，这无形迹的最高等教育便永远是你的名分，这不取费的最珍贵的补剂便永远供你的受用；只要你认识了这一部书，你在这世界上寂寞时便不寂寞，穷困时不穷困，苦恼时有安慰，挫折时有鼓励，软弱时有督责，迷失时有南针。

十四年七月

---

① 威尼市，通译威尼斯，意大利东北部城市。

巴黎的鳞爪

咳巴黎！到过巴黎的一定不会再稀罕天堂；尝过巴黎的，老实说，连地狱都不想去了。整个的巴黎就像是一床野鸭绒的垫褥，衬得你通体舒泰，硬骨头都给薰酥了的——有时许太热一些。那也不碍事，只要你受得住。赞美是多余的，正如赞美天堂是多余的；咒诅也是多余的，正如咒诅地狱是多余的。巴黎，软绵绵的巴黎，只在你临别的时候轻轻地嘱咐一声："别忘了，再来！"其实连这都是多余的。谁不想再去？谁忘得了？

香草在你的脚下，春风在你的脸上，微笑在你的周遭。不拘束你，不责备你，不督饬你，不窘你，不恼你，不揉你。它搂着你，可不缚住你：是一条温存的臂膀，不是根绳子。它不是不让你跑，但它那招逗的指尖却永远在你的记忆里晃着。多轻盈的步履，罗袜的丝光随时可以沾上你记忆的颜色！

但巴黎却不是单调的喜剧。赛因河的柔波里掩映着罗浮宫的倩影，它也收藏着不少失意人最后的呼吸。流着，温驯的水波；流着，缠绵的恩怨。咖啡馆：和着交颈的软语，开怀的笑响，有踞坐在屋隅里蓬头少年计较自毁的哀思。跳舞场：和着翻飞的乐调，迷醇的酒香，有独自支颐的少妇思量着往迹的怆心。浮动在上一层的许是光明，是欢畅，是快乐，是甜蜜，是和谐；但沉淀在底里阳光照不到的才是人事经验的本质：说重一点是悲哀，说轻一点是惆怅；谁不愿意永远在轻快的流波里漾着，可得留神了你往深处去时的发见！

一天，一个从巴黎来的朋友找我闲谈，谈起了劲，茶也没喝，烟也没吸，一直从黄昏谈到天亮，才各自上床去躺了一歇，我一合眼就回到了巴黎，方才朋友讲的情境惝恍的把我自己也缠了进去；这巴黎的梦真醇人，醇你的心，醇你的意志，醇你的四肢百体，那味儿除是亲尝过的谁能想象！——我醒过来时还是迷糊的忘了我在哪儿，刚巧一个小朋友进房来站在我的床前笑吟吟喊我："你做什么梦来了，朋友，为什么两眼潮潮的像哭似的?"我伸手一摸，果然眼里有水，不觉也失笑了——可是朝来的梦，一个诗人说的，同是这悲凉滋味，正不知这泪是为哪一个梦流的呢!

下面写下的不成文章，不是小说，不是写实，也不是写梦，——在我写的人只当是随口曲，南边人说的"出门不认货"，随你们宽容的读者们怎样看罢。

出门人也不能太小心了。走道总得带些探险的意味。生活的趣味大半就在不预期的发见，要是所有的明天全是今天刻板的化身，那我们活什么来了?正如小孩子上山就得采花，到海边就得捡贝壳，书呆子进图书馆想捞新智慧——出门人到了巴黎就想……

你的批评也不能过分严正不是?少年老成——什么话!老成是老年人的特权，也是他们的本分;说来也不是他们甘愿，他们是到了年纪不得不。少年人如何能老成?老成了才是怪哪!

放宽一点说，人生只是个机缘巧合;别瞧日常生活河水似的流得平顺，它那里面多的是潜流，多的是漩涡——轮着的时候谁躲得了给卷了进去?那就是你发愁的时候，是你登仙的时候，是你辨着酸的时候，是你尝着甜的时候。

巴黎也不定比别的地方怎样不同:不同就在那边生活

流波里的潜流更猛，漩涡更急，因此你叫给卷进去的机会也就更多。

我赶快得声明我是没有叫巴黎的漩涡给淹了去——虽则也就够险。多半的时候我只是站在赛因河岸边看热闹，下水去的时候也不能说没有，但至多也不过在靠岸清浅处溜着，从没敢往深处跑——这来漩涡的纹螺，势道，力量，可比远在岸上时认清楚多了。

一　九小时的萍水缘

我忘不了她。她是在人生的急流里转着的一张萍叶，我见着了它，掬在手里把玩了一晌，依旧交还给它的命运，任它漂流去——它以前的漂泊我不曾见来，它以后的漂泊，我也见不着，但就这曾经相识匆匆的恩缘——实际上我与她相处不过九小时——已在我的心泥上印下踪迹，我如何能忘，在忆起时如何能不感须臾的惆怅？

那天我坐在那热闹的饭店里瞥眼看着她，她独坐在灯光最暗漆的屋角里，这屋内哪一个男子不带媚态，哪一个女子的胭脂口上不沾笑容，就只她：穿一身淡素衣裳，戴一顶宽边的黑帽，在鬈密的睫毛上隐隐闪亮着深思的目光——我几乎疑心她是修道院的女僧偶尔到红尘里随喜来了。我不能不接着注意她，她的别样的支颐的倦态，她的曼长的手指，她的落寞的神情，有意无意间的叹息，在在都激发我的好奇——虽则我那时左边已经坐下了一个瘦的，右边来了肥的，四条光滑的手臂不住的在我面前晃着酒杯。但更使我奇异的是她不等跳舞开始就匆匆的出去了，好像害怕或是厌恶似的。第一晚这样，第二晚又是这样：独自默默的坐着，到时候又匆匆的离去。到了第三晚她再来的时候我再也忍不住不想法接近她。第一次得着的回音，虽则是"多谢好意，我再不愿交友"的一个拒绝，只是加深了我的同情的好奇。我再不能放过她。巴黎的好处就在处处近人情；爱慕的自由是永远容许的。你见谁爱慕谁想接近谁，决不是犯罪，除非你在经程中泄漏了你的尘气暴气，陋相或是贫相，那不是文明的巴黎人所能容忍的。只要你"识相"，上海人说的，什么可能的机会你都可以利用。对方人理你不理你，当然又是一回事；但只要你的步骤对，文明的巴黎人决不让你难堪。

我不能放过她。第二次我大胆写了个字条付中间人——店主人——交去。我心里直怔怔的怕讨没趣。可是回话来了——她就走了，你跟着去吧。

她果然在饭店门口等着我。

你为什么一定要找我说话，先生，像我这再不愿意有朋友的人？

她张着大眼看我，口唇微微的颤着。

我的冒昧是不望恕的，但是我看了你忧郁的神情我足足难受了三天，也不知怎的我就想接近你，和你谈一次话，如其你许我，那就是我的想望，再没别的意思。

真的她那眼内绽出了泪来，我话还没说完。

想不到我的心事又叫一个异邦人看透了……她声音都哑了。

我们在路灯的灯光下默默的互注了一晌，并着肩沿马路走去，走不到多远她说不能走，我就问了她的允许雇车坐上，直望波龙尼大林园清凉的暑夜里兜去。

原来如此，难怪你听了跳舞的音乐像是厌恶似的，但既然不愿意何以每晚还去？

那是我的感情作用；我有些舍不得不去，我在巴黎一天，那是我最初遇见——他的地方，但那时候的我……可是你真的同情我的际遇吗，先生？我快有两个月不开口了，不瞒你说，今晚见了你我再也不能制止，我爽性说给你我的生平的始末吧，只要你不嫌。我们还是回那饭庄去罢。

你不是厌烦跳舞的音乐吗？

她初次笑了。多齐整洁白的牙齿，在道上的幽光里亮着！有了你我的生气就回复了不少，我还怕什么音乐？

我们俩重进饭庄去选一个犄角坐下，喝完了两瓶香槟，从十一时舞影最凌乱时谈起，直到早三时客人散尽侍役打扫屋子时才起身走，我在她的可怜身世的演述中遗忘了一切，当前的歌舞再不能分我丝毫的注意。

下面是她的自述。

　　我是在巴黎生长的。我从小就爱读《天方夜谭》的故事，以及当代描写东方的文学；啊东方，我的童真的梦魂哪一刻不在它的玫瑰园中留恋？十四岁那年我的姊姊带我上北京去住，她在那边开一个时式的帽铺，有一天我看见一个小身材的中国人来买帽子，我就觉着奇怪，一来他长得异样的清秀，二来他为什么要来买那样时式的女帽；到了下午一个女太太拿了方才买去的帽子来换了，我姊姊就问她那中国人是谁，她说是她的丈夫，说开了头她就讲她当初怎样为爱他触怒了自己的父母，结果断绝了家庭和他结婚，但她一点也不追悔，因为她的中国丈夫待她怎样好法，她不信西方人会得像他那样体贴，那样温存。我再也忘不了她说话时满心怡悦的笑容。从此我仰慕东方的私衷又添深了一层颜色。

　　我再回巴黎的时候已经长成了，我父亲是最宠爱我的，我要什么他就给我什么。我那时就爱跳舞，啊，那些迷醉轻易的时光，巴黎哪一处舞场上不见我的舞影。我的妙龄，我的颜色，我的体态，我的聪慧，尤其是我那媚人的大眼——啊，如今你见的只是悲惨的余生再不留当时的丰韵——制定了我初期的堕落。我说堕落不是？是的，堕落，人生哪处不是堕落，这社会哪里容得一个有姿色的女人保全她的清洁？我正快走入险路的时候，我那慈爱的老父早已看出我的倾向，私下安排了一个机会，叫我与一个有爵位的英国人接近。一个十七岁的女子哪有什么主意，在两个月内我就做了新娘。

说起那四年结婚的生活，我也不应得过分的抱怨，但我们欧洲的势利的社会实在是树心里生了蠹，我怕再没有回复健康的希望。我到伦敦去做贵妇人时我还是个天真的孩子，哪有什么机心，哪懂得虚伪的卑鄙的人间的底里，我又是个外国人，到处遭受嫉忌与批评。还有我那叫名的丈夫。他娶我究竟为什么动机我始终不明白，许贪我年轻贪我貌美带回家去广告他自己的手段，因为真的我不曾感着他一息的真情；新婚不到几时他就对我冷淡了，其实他就没有热过，碰巧我是个傻孩子，一天不听着一半句软语，不受些温柔的怜惜，到晚上我就不自制的悲伤。他有的是钱，有的是趋奉谄媚，成天在外打猎作乐，我愁了不来慰我，我病了不来问我，连着三年抑郁的生涯完全消灭了我原来活泼快乐的天机，到第四年实在耽不住了，我与他吵一场回巴黎再见我父亲的时候，他几乎不认识我了。我自此就永别了我的英国丈夫。因为虽则实际的离婚手续在他方面到前年方始办理，他从我走了后也就不再来顾问我——这算是欧洲人夫妻的情分！

我从伦敦回到巴黎，就比久困的雀儿重复飞回了林中，眼内又有了笑，脸上又添了春色，不但身体好多了，就连童年时的种种想望又在我心头活了回来。三四年结婚的经验更叫我厌恶西欧，更叫我神往东方。东方，啊，浪漫的多情的东方！我心里常常的怀念着。有一晚，那一个运定的晚上，我就在这屋子内见着了他，与今晚一样的歌声，一样的舞影，想起还不就是昨天，多飞快的光阴，就可怜我一个单薄的女子，无端叫运神摆布，在情网里颠连，在经验的苦海里沉沦，朋友，我自分是已经埋葬了的活人，你何苦又来逼着我把往事掘起，我的话是简短的，但我身受的苦恼，朋友，你信我，是不可量的；你望我的眼里看，凭着你的同情你可以在刹那间领会我灵魂的真际！

他是菲利滨人，也不知怎的我初次见面就迷了他。他肤色是深黄的，但他的性情是不可信的温柔；他身材是短的，但他的私语有多叫人魂销的魔力？啊，我到如今还不能怨他；我爱他太深，我爱他太真，我如何能一刻忘他，虽则他到后来也是一样的薄情，一样的冷酷。你不倦么，朋友，等我讲给你听？

我自从认识了他我便倾注给他我满怀的柔情，我想他，那负心的他，也够他的享受，那三个月神仙似的生活！我们差不多每晚在此聚会的。秘谈是他与我，欢舞是他与我，人间再有更甜美的经验吗？朋友你知道痴心人赤心爱恋的疯狂吗？因为不仅满足了我私心的想望，我十多年梦魂缭绕的东方理想的实现。有他我什么都有了，此外我更有什么沾恋？因此等到我家里为这事情与我开始交涉的时候，我更不踌躇的与我生身的父母根本决绝。我此时又想起了我垂髫时在北京见着的那个嫁中国人的女子，她与我一样也为了痴情牺牲一切，我只希冀她这时还能保持着她那纯爱的生活，不比我这失运人成天在幻灭的辛辣中回味。

我爱定了他。他是在巴黎求学的，不是贵族，也不是富人，那更使我放心，因为我早年的经验使我迷信真爱情是穷人才能供给的。谁知他骗了我——他家里也是有钱的，那时我在热恋中抛弃了家，牺牲了名誉，跟了这黄脸人离却巴黎，辞别欧洲，经过一个月的海程，我就到了我理想的灿烂的东方。啊，我那时的希望与快乐！但才出了红海，他就上了心事，经我再三的逼，他才告诉他家里的实情，他父亲是菲利滨最有钱的土著，性情是极严厉的，他怕轻易不能收受我进他们的家庭。我真不愿意把此后可怜的身世烦你的听，朋友，但那才是我痴心人的结果，你耐心听着吧！

东方，东方才是我的烦恼！我这回投进了一个更陌生的社会，呼吸更沉闷的空气；他们自己中间也许有他们温软的人情，但轮着我的却一样还只是猜忌与讥刻，更不容情的刺袭我的孤独的性灵。果然他的家庭不容我进门，把我看作一个"巴黎淌来的可疑的妇人"。我为爱他也不知忍受了多少不可忍的侮辱，吞了多少悲泪，但我自慰的是他对我不变的恩情。因为在初到的一时他还是不时来慰我——我独自赁屋住着。但慢慢的也不知是人言浸润还是他原来爱我不深，他竟然表示割绝我的意思。朋友，试想我这孤身女子牺牲了一切为的还不是他的爱，如今连他都离了我，那我更有什么生机？我怎的始终不曾自毁，我至今还不信，因为我那时真的是没路走了。我又没有钱，他狠心丢了我，我如何能再去缠他，这也许是我们白种人的倔强，我不久便揩干了眼泪，出门去自寻活路。我在一个菲美合种人的家里寻得了一个保姆的职务；天幸我生性是耐烦领小孩的——我在伦敦的日子没孩子管，我就养猫弄狗——救活我的是那三五个活灵的孩子，黑头发短手指的乖乖。在那炎热的岛上我是过了两年没颜色的生活，得了一次凶险的热病，从此我面上再不存青年期的光彩。我的心境正稍稍回复平衡的时候两件不幸的事情又临着了我：一件是我那他与另一女子的结婚，这消息使我昏厥了过去，一件是被我弃绝的慈父也不知怎的问得了我的踪迹，来电说他老病快死要我回去。啊，天罚我！等我赶回巴黎的时候正好赶着与老人诀别，忏悔我先前的造孽！

从此我在人间还有什么意趣？我只是个实体的鬼影，活动的尸体；我的心也早就死了，再也不起波澜；在初次失望的时候我想象中还有个辽远的东方，但如今东方只在我的心上留下一个鲜明的新伤，我更有什么希冀，更有什么心情？但我每晚还是不自主的到这饭店里来小坐，正如死去的鬼魂忘不了他的老家！我这一生的经验本不想再向人前吐露的，谁知又碰着了你，苦苦的追着我，逼我再一度撩拨死尽的火灰，这来你够明白了，为什么我老是这落寞的神情，我猜你也是过路的客人，我深深自幸又接近一次人情的温慰，但我不敢希望什么，我的心是死定了的，时候也不早了，你看方才舞影凌乱的地板上现在只剩一片冷淡的灯光，侍役们已经收拾干净，我们也该走了，再会吧，多情的朋友！

二 "先生，你见过艳丽的肉没有？"

我在巴黎时常去看一个朋友，他是一个画家，住在一条老闻着鱼腥的小街底头一所老屋子的顶上一个A字式的尖阁里，光线暗惨得怕人，白天就靠两块日光胰子大小的玻璃窗给装装幌，反正住的人不嫌就得，他是照例不过正午不起身，不近天亮不上床的一位先生，下午他也不居家，起码总得上灯的时候他才脱下了他的开褡露出两条破烂的臂膀埋身在他那艳丽的垃圾窝里开始他的工作。

艳丽的垃圾窝——它本身就是一幅妙画！我说给你听听。贴墙有精窄的一条上面盖着黑毛毡的算是他的床，在这上面就准你规规矩矩的躺着，不说起坐　定扎脑袋，就连翻身也不免冒犯斜着下来永远不退让的屋顶先生的身分！

承着顶尖全屋子顶宽舒的部分放着他的书桌——我捏着一把汗叫它书桌，其实还用提吗，上边什么法宝都有，画册子，稿本，黑炭，颜色盘子，烂袜子，领结，软领子，热水瓶子压瘪了的，烧干了的酒精灯，电筒，各色的药瓶，彩油瓶，脏手绢，断头的笔杆，没有盖的墨水瓶子。一柄手枪，那是瞒不过我花七法郎在密歇耳大街路旁旧货摊上换来的。照相镜子，小手镜，断齿的梳子，蜜膏，晚上喝不完的咖啡杯，详梦的小书，还有——还有可疑的小纸盒儿，凡士林一类的油膏，……一只破木板箱一头漆着名字上面蒙着一块灰色布的是他的梳妆台兼书架，一个洋磁面盆半盆的胰子水似乎都叫一部旧版的卢骚集子给饕了去，一顶便帽套在洋瓷长提壶的耳柄上，从袋底里倒出来的小铜钱错落的散着像是土耳其人的符咒，几只稀小的烂苹果围着一条破香蕉像是一群大学教授们围着一个教育次长索薪……

　　壁上看得更斑斓了：这是我顶得意的一张庞那①的底稿当废纸买来的，这是我临蒙内②的裸体，不十分行，我来撩

----

① 庞那，通译勃纳尔（1867—1947），法国画家，纳比派（"纳比"即"先知"）代表人物之一。
② 蒙内，后文中的孟内，通译马奈（1832—1883），法国画家。

起灯罩你可以看清楚一点，草色太浓了，那膝部画坏了，这一小幅更名贵，你认是谁，罗丹的！那是我前年最大的运气，也算是借来的，老巴黎就是这点子便宜，挨了半年八个月的饿不要紧，只要有机会捞着真东西，这还不值得！那边一张挤在两幅油画缝里的，你见了没有，也是有来历的，那是我前年趁马克倒霉路过佛兰克福德①时夹手抢来的，是真的孟察尔②都难说，就差糊了一点，现在你给三千法郎我都不卖，加倍再加倍都值，你信不信？再看那一长条……在他那手指东点西的卖弄他的家珍的时候，你竟会忘了你站着的地方是不够六尺阔的一间阁楼，倒像跨在你头顶那两爿斜着下来的屋顶也顺着他那艺术谈法术似的隐了去，露出一个爽垲的高天，壁上的疙瘩，壁蟢窠，霉块，钉疤，全化成了哥罗③画帧中"飘摇欲化烟"的最美丽林树与轻快的流涧；桌上的破领带及手绢烂香蕉臭袜子等等也全变形成戴大阔边稻草帽的牧童们，偎着树打盹的，牵着牛在涧里喝水的，手反衬着脑袋放平在青草地上瞪眼看天的，斜眼溜着那边走进来的娘们手按着音腔吹横笛的——

---

① 佛兰克福德，通译法兰克福，德国城市。这句话里提到的"马克倒霉"，是指当时德国货币马克的贬值。

② 孟察尔，通译蒙克（1863—1944），挪威画家，曾居住德国。

③ 哥罗，通译柯罗（1796—1875），法国画家。

可不是那边来了一群娘们，全是年岁青青的，露着胸膛，散着头发，还有光着白腿的在青草地上跳着来了？……唵！小心扎脑袋，这屋子真别扭，你出什么神来了？想着你的Bel Ami①对不对？你到巴黎快半个月，该早有落儿了，这年头收成真容易——呃，太容易了！谁说巴黎不是理想的地狱？你吸烟斗吗？这儿有自来火。对不起，屋子里除了床，就是那张弹簧早经追悼过了的沙发，你坐坐吧，给你一个垫子，这是全屋子顶温柔的一样东西。

不错，那沙发，这阁楼上要没有那张沙发，主人的风格就落了一个极重要的原素。说它肚子里的弹簧完全没了劲，在主人说是太谦，在我说是简直污蔑了它。因为分明有一部分内簧是不曾死透的，那在正中间，看来倒像是一座分水岭，左右都是往下倾的，我初坐下时不提防它还有弹力，倒叫我骇了一下；靠手的套布可真是全霉了，露着黑黑黄黄不知是什么货色，活像主人衬衫的袖子。我正落了座，他咬了咬嘴唇翻一翻眼珠微微的笑了。笑什么了你？我笑——你坐上沙发那样儿叫我想起爱菱。爱菱是谁？她呀——她是我第一个模特儿。模特儿？你的？你的破房子

---

① 这个法语词组有误，应为Bon Ami（好朋友）或Belle Amie（漂亮的女朋友），从文中意思看似指后者。

还有模特儿，你这穷鬼花得起……别急，究竟是中国初来的，听了模特儿就这样的起劲，看你那脖子都上了红印了！本来不算事，当然，可是我说像你这样的破鸡棚……破鸡棚便怎样，耶稣生在马号里的，安琪儿们都在马屎里跪着礼拜哪！别忙，好朋友，我讲你听。如其巴黎人有一个好处，他就是不势利！中国人顶糟了，这一点；穷人有穷人的势利，阔人有阔人的势利，半不阑珊的有半不阑珊的势利——那才是半开化，才是野蛮！你看像我这样子，头发像刺猬，八九天不刮的破胡子，半年不收拾的脏衣服，鞋带扣不上的皮鞋——要在中国，谁不叫我外国叫花子，哪配进北京饭店一类的势利场；可是在巴黎，我就这样儿随便问哪一个衣服顶漂亮脖子搽得顶香的娘们跳舞，十回就有九回成，你信不信？至于模特儿，那更不成话，哪有在巴黎学美术的，不论多穷，一年里不换十来个眼珠亮亮的来坐样儿？屋子破更算什么？波希民①的生活就是这样，按你说模特儿就不该坐坏沙发，你得准备杏黄贡缎绣丹凤朝阳做垫的太师椅请她坐你才安心对不对？再说……

别再说了！算我少见世面，算我是乡下老戆，得了；可是说起模特儿，我倒有点好奇，你何妨讲些经验给我长

---

① 波希民，即波希米亚人。

长见识？有真好的没有？我们在美术院里见着的什么维纳丝得米罗，维纳丝梅第妻，还有铁青①的，鲁班师②的，鲍第千里③的，丁稻来笃④的，箕奥其安内⑤的裸体实在是太美，太理想，太不可能，太不可思议！反面说，新派的比如雪尼约克⑥的，玛提斯⑦的，塞尚的，高耿⑧的，弗朗剌马克⑨的，又是太丑，太损，太不像人，一样的太不可能，太不可思议。人体美，究竟怎么一回事？我们不幸生长在中国，女人衣服一直穿到下巴底下，腰身与后部看不出多大分别的世界里，实在是太蒙昧无知，太不开眼。可是再说呢，东方人也许根本就不该叫人开眼的，你看过约翰巴里

---

① 铁青，通译提香（约1489—1576），意大利文艺复兴时期威尼斯画派画家。

② 鲁班师，通译鲁本斯（1577—1640），佛兰德斯画家。

③ 鲍第千里，通译波提切利（约1445—1510），意大利文艺复兴时期画家。

④ 丁稻来笃，通译丁托列托（1518—1594），意大利文艺复兴后期威尼斯画派画家。

⑤ 箕奥其安内，通译乔尔乔涅（1477—1510），意大利文艺复兴时期威尼斯画派画家。

⑥ 雪尼约克，通译西涅克（1863—1935），法国画家，新印象派（点彩派）代表人物。

⑦ 玛提斯，通译马蒂斯（1869—1954），法国画家，野兽派代表人物。

⑧ 高耿，通译高更（1848—1903），法国画家，后印象画派的代表人物。

⑨ 弗朗剌马克，后文中的佛朗次马克，通译弗朗茨·马尔克（1880—1916），德国画家，表现主义画派代表人物。

士①那本《沙扬娜拉》没有，他那一段形容一个日本裸体舞女——就是一张脸子粉搽得像棺材里爬起来的颜色，此外耳朵以后下巴以下就比如一节蒸不透的珍珠米！——看了真叫人恶心。你们学美术的才有第一手的经验，我倒是……

你倒是真有点羡慕，对不对？不怪你，人总是人。不瞒你说，我学画画原来的动机也就是这点子对人体秘密的好奇。你说我穷相，不错，我真是穷，饭都吃不起，衣都穿不全，可是模特儿——我怎么也省不了。这对人体美的欣赏在我已经成了一种生理的要求，必要的奢侈，不可摆脱的嗜好；我宁可少吃俭穿，省下几个法郎来多雇几个模特儿。你简直可以说我是着了迷，成了病，发了疯，爱说什么就什么，我都承认——我就不能一天没有一个精光的女人耽在我的面前供养，安慰，喂饱我的"眼淫"。当初罗丹我猜也一定与我一样的狼狈，据说他那房子里老是有剥光了的女人，也不为坐样儿，单看她们日常生活"实际的"多变化的姿态——他是一个牧羊人，成天看着一群剥了毛皮的驯羊！鲁班师那位穷凶极恶的大手笔，说是常难为他太太做模特儿，结果因为他成天不断的画他太太竟许连穿

---

① 约翰巴里士，通译约翰·贝勒斯（1654—1725），英国教育家。

裤子的空儿都难得有！但如果这话是真的，鲁班师还是太傻，难怪他那画里的女人都是这剥白猪似的单调，少变化；美的分配在人体上是极神秘的一个现象，我不信有理想的全才，不论男女我想几乎是不可能的；上帝拿着一把颜色望地面上撒，玫瑰，罗兰，石榴，玉簪，剪秋罗，各样都沾到了一种或几种的彩泽，但决没有一种花包涵所有可能的色调的，那如其有，按理论讲，岂不是又得回复了没颜色的本相？人体美也是这样的，有的美在胸部，有的腰部，有的下部，有的头发，有的手，有的脚踝，那不可理解的骨骼，筋肉，肌理的会合，形成各各不同的线条，色调的变化，皮面的涨度，毛管的分配，天然的姿态，不可制止的表情——也得你不怕麻烦细心体会发见去，上帝没有这样便宜你的事情，他决不给你一个具体的绝对美，如果有我们所有艺术的努力就没了意义；巧妙就在你明知这山里有金子，可是在哪一点你得自己下工夫去找。啊！说起这艺术家审美的本能，我真要闭着眼感谢上帝——要不是它，岂不是所有人体的美，说窄一点，都变了古长安道上历代帝王的墓窟，全叫一层或几层薄薄的衣服给埋没了！回头我给你看我那张破床底下有一本宝贝，我这十年血汗辛苦的成绩——千把张的人体临摹，而且十分之九是在这间破鸡棚里勾下的，别看低我这张弹簧早经追悼了的沙发，这上面落座过至少一二百个当得起美字的女人！别提专门做模特儿的，巴黎哪一个不知道俺家黄脸什么，那不算稀奇，我自负的是我独到的发见：一半因为看多了缘故，女人肉的引诱在我差不多完全消灭在美的欣赏里面，结果在我这双"淫眼"看来，一丝不挂的女人就同紫霞宫里翻出来的尸首穿得重重密密的摇不动我的性欲，反面说当真穿着得极整齐的女人，不论她在人堆里站着，在路上走着，只要我的眼到，她的衣服的障碍就无形的消灭，正如老练的矿师一瞥就认出矿苗，我这美术本能也是一瞥就认出"美苗"，一百次里错不了一次；每回发见了可能的时候，我就非想法找到她剥光了她叫我看个满意不成，上帝保佑这文明的巴黎，我失望的时候真难得有！我记得有一次在戏院子看着了一个贵妇人，实在没法想（我当然试来），我那难受就不用提了，比发疟疾还难受——她那特长分明是在小腹与……

够了够了！我倒叫你说得心痒痒的。人体美！这门学问，这门福气，我们不幸生长在东方谁有机会研究享受过来？可是我既然到了巴黎，又幸气碰着你，我倒真想叨你的光开开我的眼，你得替我想法，要找在你这宏富的经验中比较最贴近理想的一个看看……

你又错了！什么，你意思花就许巴黎的花香，人体就许巴黎的美吗？太灭自己的威风了！别信那巴理士什么《沙扬娜拉》的胡说；听我说，正如东方的玫瑰不比西方的玫瑰差什么香味，东方的人体在得到相当的栽培以后，也同样不能比西方的人体差什么美——除了天然的限度，比如骨骼的大小，皮肤的色彩。同时顶要紧的当然要你自己性灵里有审美的活动，你得有眼睛，要不然这宇宙不论它本身多美多神奇在你还是白来的。我在巴黎苦过这十年，就为前途有一个宏愿：我要张大了我这经过训练的"淫眼"到东方去发见人体美——谁说我没有大文章做出来？至于你要借我的光开开眼，那是最容易不过的事情，可是我想想——可惜了！有个马达姆朗洒，原先在巴黎大学当物理讲师的，你看了准忘不了，现在可不在了，到伦敦去了；还有一个马达姆薛托漾，她是远在南边乡下开面包铺子的，她就够打倒你所有的丁稻来笃，所有的铁青，所有的箕奥其安内——尤其是给你这未入流看，长得太美了，她通体就看不出一根骨头的影子，全叫匀匀的肉给隐住的，圆的，润的，有一致节奏的，那妙是一百个哥蒂蔼①也形容不全的，尤其是她那腰以下的结构，真是奇迹！你从意大利来

---

① 哥蒂蔼，后文中的高蒂闲，通译戈蒂埃（1811—1872），法国诗人、小说家、批评家，著有诗集《死的喜剧》、小说《莫班小姐》等。

该见过西龙尼维纳丝的残像，就那也只能仿佛，你不知道那活的气息的神奇，什么大艺术天才都没法移植到画布上或是石塑上去的（因此我常常自己心里辩论究竟是艺术高出自然还是自然高出艺术，我怕上帝僭先的机会毕竟比凡人多些）；不提别的单就她站在那里你看，从小腹接榫上股那两条交荟的弧线起直往下贯到脚着地处止，那肉的浪纹就比是——实在是无可比——你梦里听着的音乐：不可信的轻柔，不可信的匀净，不可信的韵味——说粗一点，那两股相并处的一条线直贯到底，不漏一屑的破绽，你想通过一根发丝或是吹度一丝风息都是绝对不可能的——但同时又决不是肥肉的粘着，那就呆了。真是梦！唉，就可惜多美一个天才偏叫一个身高六尺三寸长红胡子的面包师给糟蹋了；真的这世上的因缘说来真怪，我很少看见美妇人不嫁给猴子类牛类水马类的丑男人！但这是支话。眼前我招得到的，够资格的也就不少——有了，方才你坐上这沙发的时候叫我想起了爱菱，也许你与她有缘分，我就为你招她去吧，我想应该可以容易招到的。可是上哪儿呢？这屋子终究不是欣赏美妇人的理想背景，第一不够开展，第二光线不够——至少为外行人像你一类着想……我有了一个顶好的主意，你远来客我也该独出心裁招待你一次，好在爱菱与我特别的熟，我要她怎么她就怎么；暂且约定后天吧，你上午十二点到我这里来，我们一同到芳丹薄罗的大森林里去，那是我常游的地方，尤其是阿房奇石相近一带，那边有的是天然的地毯，这一时是自然最妖艳的日子，草青得滴得出翠来，树绿得涨得出油来，松鼠满地满树都是，也不很怕人，顶好玩的，我们决计到那一带去秘密野餐吧——至于"开眼"的话，我包你一个百二十分的满足，将来一定是你从欧洲带回家最不易磨灭的一个印象！一切有我布置去，你要是愿意贡献的话，也不用别的，就要你多买大杨梅，再带一瓶橘子酒，一瓶绿酒，我们享半天闲福去。现在我讲得也累了，我得躺一会儿，我拿我床底下那本秘本给你先揣摹揣摹……

隔一天我们从芳丹薄罗林子里回巴黎的时候，我仿佛刚做了一个最荒唐，最艳丽，最秘密的梦。

十四年十二月二十一日

我所知道的康桥①

一

　　我这一生的周折，大都寻得出感情的线索。不论别的，单说求学。我到英国是为要从罗素。罗素来中国时，我已经在美国。他那不确的死耗传到的时候，我真的出眼泪不够，还做悼诗来了。他没有死，我自然高兴。我摆脱了哥伦比亚大博士衔的引诱，买船漂过大西洋，想跟这位二十

---

① 康桥，通译剑桥，在英国东南部，这里指剑桥大学。

世纪的福禄泰尔①认真念一点书去。谁知一到英国才知道事情变样了：一为他在战时主张和平，二为他离婚，罗素叫康桥给除名了，他原来是Trinity College的fellow②，这来他的fellowship③也给取消了。他回英国后就在伦敦住下，夫妻两人卖文章过日子。因此我也不曾遂我从学的始愿。我在伦敦政治经济学院里混了半年，正感着闷想换路走的时候，我认识了狄更生先生。狄更生——Goldsworthy Lowes Dickinson——是一个有名的作者，他的《一个中国人通信》（*Letters from John Chinaman*）与《一个现代聚餐谈话》（*A Modern Symposium*）两本小册子早得了我的景仰。我第一次会着他是在伦敦国际联盟协会席上，那天林宗孟先生演说，他做主席；第二次是宗孟寓里吃茶，有他。以后我常到他家里去。他看出我的烦闷，劝我到康桥去，他自己是王家学院（King's College）的fellow。我就写信去问两个学院，回信都说学额早满了，随后还是狄更生先生替我去在他的学院里说好了，给我一个特别生的资格，随意选科听讲。从此黑方巾、黑披袍的风光也被我占着了。

---

① 福禄泰尔，通译伏尔泰（1694—1778），法国启蒙思想家、哲学家、作家，著有《哲学通信》等。
② Trinity College的fellow，即三一学院（属剑桥大学）的评议员。
③ fellowship，即评议员资格。

初起我在离康桥六英里的乡下叫沙士顿地方租了几间小屋住下，同居的有我从前的夫人张幼仪女士与郭虞裳君。每天一早我坐街车（有时自行车）上学，到晚回家。这样的生活过了一个春，但我在康桥还只是个陌生人谁都不认识，康桥的生活，可以说完全不曾尝着，我知道的只是一个图书馆，几个课室，和三两个吃便宜饭的茶食铺子。狄更生常在伦敦或是大陆上，所以也不常见他。那年的秋季我一个人回到康桥，整整有一学年，那时我才有机会接近真正的康桥生活，同时我也慢慢的"发见"了康桥。我不曾知道过更大的愉快。

二

"单独"是一个耐寻味的现象。我有时想它是任何发见的第一个条件。你要发见你的朋友的"真"，你得有与他单独的机会。你要发见你自己的真，你得给你自己一个单独的机会。你要发见一个地方（地方一样有灵性），你也得有单独玩的机会。我们这一辈子，认真说，能认识几个人？能认识几个地方？我们都是太匆忙，太没有单独的机会。说实话，我连我的本乡都没有什么了解。康桥我要算是有相当交情的，再次许只有新认识的翡冷翠了。啊，那些清晨，那些黄昏，我一个人发痴似的在康桥！绝对的单独。

但一个人要写他最心爱的对象，不论是人是地，是多么使他为难的一个工作？你怕，你怕描坏了它，你怕说过分了恼了它，你怕说太谨慎了辜负了它。我现在想写康桥，也正是这样的心理，我不曾写，我就知道这回是写不好的——况且又是临时逼出来的事情。但我却不能不写，上期预告已经出去了。我想勉强分两节写：一是我所知道的康桥的天然景色；一是我所知道的康桥的学生生活。我今晚只能极简的写些，等以后有兴会时再补。

三

康桥的灵性全在一条河上；康河，我敢说是全世界最秀丽的一条水。河的名字是葛兰大（Granta），也有叫康河（River Cam）的，许有上下流的区别，我不甚清楚。河身多的是曲折，上游是有名的拜伦潭——"Byron's Pool"——当年拜伦常在那里玩的；有一个老村子叫格兰骞斯德，有一个果子园，你可以躺在累累的桃李树荫下吃茶，茶果会掉入你的茶杯，小雀子会到你桌上来啄食，那真是别有一番天地。这是上游。下游是从骞斯德顿下去，河面展开，那是春夏间竞舟的场所。上下河分界处有一个坝筑，水流急得很，在星光下听水声，听近村晚钟声，听河畔倦牛刍草声，是我康桥经验中最神秘的一种：大自然的优美，宁静，调谐在这星光与波光的默契中不期然的淹入了你的性灵。

但康河的精华是在它的中权，著名的"Backs"①，这两岸是几个最蜚声的学院的建筑。从上面下来是Pembroke②，St. Katharine's③，King's，Clare④，Trinity，St. John's⑤。最令人流连的一节是克莱亚与王家学院的毗连处，克莱亚的秀丽紧邻着王家教堂（King's Chapel）的宏伟。别的地方尽有更美更庄严的建筑，例如巴黎赛因河的罗浮宫一带，威尼斯的利阿尔多大桥的两岸，翡冷翠维基乌大桥的周遭；但康桥的"Backs"自有它的特长，这不容易用一二个状词来概括，它那脱尽尘埃气的一种清澈秀逸的意境可说是超出了画图而化生了音乐的神味。再没有比这一群建筑更调谐更匀称的了！论画，可比的许只有柯罗（Corot）的田

---

① Backs，剑桥大学的后花园。

② Pembroke，潘布鲁克学院。

③ St. Katharine's，圣凯瑟琳学院。

④ Clare，圣克莱尔学院（义中称克莱亚）。

⑤ St. John's，圣约翰学院。

野；论音乐，可比的许只有肖班①（Chopin）的夜曲。就这，也不能给你依稀的印象，它给你的美感简直是神灵性的一种。

假如你站在王家学院桥边的那棵大椈树荫下眺望，右侧面，隔着一大方浅草坪，是我们的校友居（fellows building），那年代并不早，但它的妩媚也是不可掩的，它那苍白的石壁上春夏间满缀着艳色的蔷薇在和风中摇头，更移左是那教堂，森林似的尖阁不可浼的永远直指着天空；更左是克莱亚，啊！那不可信的玲珑的方庭，谁说这不是圣克莱亚（St.Clare）的化身，哪一块石上不闪耀着她当年圣洁的精神？在克莱亚后背隐约可辨的是康桥最潇贵最骄纵的三一学院（Trinity），它那临河的图书楼上坐镇着拜伦神采惊人的雕像。

但这时你的注意早已叫克莱亚的三环洞桥魔术似的摄住。你见过西湖白堤上的西泠断桥不是？（可怜它们早已叫代表近代丑恶精神的汽车公司给铲平了，现在它们跟着苍凉的雷峰永远辞别了人间。）你忘不了那桥上斑驳的苍苔，木栅的古色，与那桥拱下泄露的湖光与山色不是？克莱亚并没有那样体面的衬托，它也不比庐山栖贤寺旁的观音桥，

---

① 肖班，通译肖邦（1810—1849），波兰作曲家、钢琴家。

上瞰五老的奇峰，下临深潭与飞瀑；它只是怯怜怜的一座三环洞的小桥，它那桥洞间也只掩映着细纹的波粼与婆娑的树影，它那桥上梐比的小穿栏与栏节顶上双双的白石球，也只是村姑子头上不夸张的香草与野花一类的装饰；但你凝神的看着，更凝神的看着，你再反省你的心境，看还有一丝屑的俗念沾滞不？只要你审美的本能不曾泯灭，这是你的机会实现纯粹美感的神奇！

但你还得选你赏鉴的时辰。英国的天时与气候是走极端的。冬天是荒谬的坏，逢着连绵的雾盲天你一定不迟疑的甘愿进地狱本身去试试；春天（英国是几乎没有夏天的）是更荒谬的可爱，尤其是它那四五月间最渐缓最艳丽的黄昏，那才真是寸寸黄金。在康河边上过一个黄昏是一服灵魂的补剂。啊！我那时蜜甜的单独，那时蜜甜的闲暇。一晚又一晚的，只见我出神似的倚在桥阑上向西天凝望：——

看一回凝静的桥影，

数一数螺钿的波纹：

我倚暖了石阑的青苔，

青苔凉透了我的心坎；……

还有几句更笨重的怎能仿佛那游丝似轻妙的情景：

难忘七月的黄昏，远树凝寂，

像墨泼的山形，衬出轻柔暝色，

密稠稠，七分鹅黄，三分橘绿，

那妙意只可去秋梦边缘捕捉；……

四

这河身的两岸都是四季常青最葱翠的草坪。从校友居的楼上望去，对岸草场上，不论早晚，永远有十数匹黄牛与白马，胫蹄没在恣蔓的草丛中，从容的在咬嚼，星星的黄花在风中动荡，应和着它们尾鬃的扫拂。桥的两端有斜倚的垂柳与椈荫护住。水是彻底的清澄，深不足四尺，匀匀的长着长条的水草。这岸边的草坪又是我的爱宠，在清朝，在傍晚，我常去这天然的织锦上坐地，有时读书，有时看水；有时仰卧着看天空的行云，有时反扑着搂抱大地的温软。

但河上的风流还不止两岸的秀丽。你得买船去玩。船不止一种：有普通的双桨划船，有轻快的薄皮舟（canoe），有最别致的长形撑篙船（punt）。最末的一种是别处不常有的：约莫有二丈长，三尺宽，你站直在船梢上用长竿撑着走的。这撑是一种技术。我手脚太蠢，始终不曾学会。你初起手尝试时，容易把船身横住在河中，东颠西撞的狼狈。英国人是不轻易开口笑人的，但是小心他们不出声的皱眉！也不知有多少次河中本来优闲的秩序叫我这莽撞的外行给捣乱了。我真的始终不曾学会；每回我不服输跑去租船再试的时候，有一个白胡子的船家往往带讥讽的对我说："先生，这撑船费劲，天热累人，还是拿个薄皮舟溜溜吧！"我哪里肯听话，长篙子一点就把船撑了开去，结果还是把河身一段段的腰斩了去。

你站在桥上去看人家撑，那多不费劲，多美！尤其在礼拜天有几个专家的女郎，穿一身缟素衣服，裙裾在风前悠悠的飘着，戴一顶宽边的薄纱帽，帽影在水草间颤动，你看她们出桥洞时的姿态，捻起一根竟像没有分量的长竿，只轻轻的，不经心的往波心里一点，身子微微的一蹲，这船身便波的转出了桥影，翠条鱼似的向前滑了去。她们那敏捷，那闲暇，那轻盈，真是值得歌咏的。

在初夏阳光渐暖时你去买一只小船，划去桥边荫下躺着念你的书或是做你的梦，槐花香在水面上飘浮，鱼群的唼喋声在你的耳边挑逗。或是在初秋的黄昏，近着新月的寒光，望上流僻静处远去。爱热闹的少年们携着他们的女友，在船沿上支着双双的东洋彩纸灯，带着话匣子，船心里用软垫铺着，也开向无人迹处去享他们的野福——谁不爱听那水底翻的音乐在静定的河上描写梦意与春光！

住惯城市的人不易知道季候的变迁。看见叶子掉知道是秋，看见叶子绿知道是春；天冷了装炉子，天热了拆炉子；脱下棉袍，换上夹袍，脱下夹袍，穿上单袍；不过如此罢了。天上星斗的消息，地下泥土里的消息，空中风吹的消息，都不关我们的事。忙着哪，这样那样事情多着，谁耐烦管星星的移转，花草的消长，风云的变幻？同时我们抱怨我们的生活，苦痛，烦闷，拘束，枯燥，谁肯承认做人是快乐？谁不多少间咒诅人生？

但不满意的生活大都是由于自取的。我是一个生命的信仰者，我信生活决不是我们大多数人仅仅从自身经验推得的那样暗惨。我们的病根是在"忘本"。人是自然的产儿，就比枝头的花与鸟是自然的产儿；但我们不幸是文明人，入世深似一天，离自然远似一天。离开了泥土的花草，离开了水的鱼，能快活吗？能生存吗？从大自然，我们取得我们的生命；从大自然，我们应分取得我们继续的资养。哪一株婆娑的大木没有盘错的根柢深入在无尽藏的地里？我们是永远不能独立的。有幸福是永远不离母亲抚育的孩子，有健康是永远接近自然的人们。不必一定与鹿豕游，不必一定回"洞府"去；为医治我们当前生活的枯窘，只要"不完全遗忘自然"一张轻淡的药方我们的病象就有缓和的希望。在青草里打几个滚，到海水里洗几次浴，到高处去看几次朝霞与晚照——你肩背上的负担就会轻松了去的。

这是极肤浅的道理，当然。但我要没有过过康桥的日子，我就不会有这样的自信。我这一辈子就只那一春，说也可怜，算是不曾虚度。就只那一春，我的生活是自然的，是真愉快的！（虽则碰巧那也是我最感受人生痛苦的时期。）我那时有的是闲暇，有的是自由，有的是绝对单独的机会。说也奇怪，竟像是第一次，我辨认了星月的光明，草的青，花的香，流水的殷勤。我能忘记那初春的睥睨吗？曾经有多少个清晨我独自冒着冷去薄霜铺地的林子里闲步——为听鸟语，为盼朝阳，为寻泥土里渐次苏醒的花草，为体会最微细最神妙的春信。啊，那是新来的画眉在那边凋不尽的青枝上试它的新声！啊，这是第一朵小雪球花挣出了半冻的地面！啊，这不是新来的潮润沾上了寂寞的柳条？

静极了，这朝来水溶溶的大道，只远处牛奶车的铃声，点缀这周遭的沉默。顺着这大道走去，走到尽头，再转入林子里的小径，往烟雾浓密处走去，头顶是交枝的榆荫，透露着漠楞楞的曙色；再往前走去，走尽这林子，当前是平坦的原野，望见了村舍，初青的麦田，更远三两个馒形的小山掩住了一条通道。天边是雾茫茫的，尖尖的黑影是近村的教寺。听，那晓钟和缓的清音。这一带是此邦中部的平原，地形像是海里的轻波，默沉沉的起伏；山岭是望不见的，有的是常青的草原与沃腴的田壤。登那土阜上望去，康桥只是一带茂林，拥戴着几处娉婷的尖阁。妩媚的康河也望不见踪迹，你只能循着那锦带似的林木想象那一流清浅。村舍与树林是这地盘上的棋子，有村舍处有佳荫，有佳荫处有村舍。这早起是看炊烟的时辰：朝雾渐渐的升起，揭开了这灰苍苍的天幕（最好是微霰后的光景），远近的炊烟，成丝的，成缕的，成卷的，轻快的，迟重的，浓灰的，淡青的，惨白的，在静定的朝气里渐渐的上腾，渐渐的不见，仿佛是朝来人们的祈祷，参差的翳入了天听。朝阳是难得见的，这初春的天气。但它来时是起早人莫大的愉快。顷刻间这田野添深了颜色，一层轻纱似的金粉糁上了这草，这树，这通道，这庄舍。顷刻间这周遭弥漫了清晨富丽的温柔。顷刻间你的心怀也分润了白天诞生的光荣。"春"！这胜利的晴空仿佛在你的耳边私语。"春！"你那快活的灵魂也仿佛在那里回响。

伺候着河上的风光，这春来一天有一天的消息。关心石上的苔痕，关心败草里的花鲜，关心这水流的缓急，关心水草的滋长，关心天上的云霞，关心新来的鸟语。怯怜怜的小雪球是探春信的小使。铃兰与香草是欢喜的初声。窈窕的莲馨，玲珑的石水仙，爱热闹的克罗克斯，耐辛苦的蒲公英与雏菊——这时候春光已是烂漫在人间，更不须殷勤问讯。

瑰丽的春放。这是你野游的时期。可爱的路政，这里不比中国，哪一处不是坦荡荡的大道？徒步是一个愉快，但骑自行车是一个更大的愉快，在康桥骑车是普遍的技术；妇人，稚子，老翁，一致享受这双轮舞的快乐。（在康桥听说自行车是不怕人偷的，就为人人都自己有车，没人要偷。）任你选一个方向，任你上一条通道，顺着这带草味的和风，放轮远去，保管你这半天的逍遥是你性灵的补剂。这道上有的是清荫与美草，随地都可以供你休憩。你如爱花，这里多的是锦绣似的草原。你如爱鸟，这里多的是巧啭的鸣禽。你如爱儿童，这乡间到处是可亲的稚子。你如爱人情，这里多的是不嫌远客的乡人，你到处可以"挂单"借宿，有酪浆与嫩薯供你饱餐，有夺目的果鲜恣你尝新。你如爱酒，这乡间每"望"都为你储有上好的新酿，黑啤如太浓，苹果酒，姜酒都是供你解渴润肺的。……带一卷书，走十里路，选一块清静地，看天，听鸟，读书，倦了时，和身在草绵绵处寻梦去——你能想象更适情更适性的消遣吗？

陆放翁有一联诗句："传呼快马迎新月，却上轻舆趁晚凉。"这是做地方官的风流。我在康桥时虽没马骑，没轿子坐，却也有我的风流：我常常在夕阳西晒时骑了车迎着天边扁大的日头直追。日头是追不到的，我没有夸父的荒诞，但晚景的温存却被我这样偷尝了不少。有三两幅画图似的经验至今还是栩栩的留着。只说看夕阳，我们平常只知道登山或是临海，但实际只须辽阔的天际，平地上的晚霞有时也是一样的神奇。有一次我赶到一个地方，手把着一家村庄的篱笆，隔着一大田的麦浪，看西天的变幻。有一次是正冲着一条宽广的大道，过来一大群羊，放草归来的，偌大的太阳在它们后背放射着万缕的金辉，天上却是乌青青的，只剩这不可逼视的威光中的一条大路，一群生物，我心头顿时感着神异性的压迫，我真的跪下了，对着这冉冉渐翳的金光。再有一次是更不可忘的奇景，那是临着一大片望不到头的草原，满开着艳红的罂粟，在青草里亭亭像是万盏的金灯，阳光从褐色云斜着过来，幻成一种异样紫色，透明似的不可逼视，刹那间在我迷眩了的视觉中，这草田变成了……不说也罢，说来你们也是不信的！

一别二年多了，康桥，谁知我这思乡的隐忧？也不想别的，我只要那晚钟撼动的黄昏，没遮拦的田野，独自斜倚在软草里，看第一个大星在天边出现！

十五年一月十五日

天目山中笔记

佛于大众中　说我当作佛
闻如是法音　疑悔悉已除
初闻佛所说　心中大惊疑
将非魔作佛　恼乱我心耶

——莲花经譬喻品

　　山中不定是清静。庙宇在参天的大木中间藏着，早晚间有的是风，松有松声，竹有竹韵，鸣的禽，叫的是虫子，阁上的大钟，殿上的木鱼，庙身的左边右边都安着接泉水的粗毛竹管，这就是天然的笙箫，时缓时急的参和着天空地上种种的鸣籁，静是不静的；但山中的声响，不论是泥土里的蚯蚓叫或是轿夫们深夜里"唱宝"的异调，自有一种各别处：它来得纯粹，来得清亮，来得透彻，冰水似的沁入你的脾肺；正如你在泉水里洗濯过后觉得清白些，这些山籁，虽则一样是音响，也分明有洗净的功能。

夜间这些清籁摇着你入梦，清早上你也从这些清籁的怀抱中苏醒。

山居是福，山上有楼住更是修得来的。我们的楼窗开处是一片蓊葱的林海；林海外更有云海！日的光，月的光，星的光：全是你的。从这三尺方的窗户你接受自然的变幻；从这三尺方的窗户你散放你情感的变幻。自在；满足。

今早梦回时睁眼见满帐的霞光。鸟雀们在赞美；我也加入一份。它们的是清越的歌唱，我的是潜深一度的沉默。

钟楼中飞下一声宏钟，空山在音波的磅礴中震荡。这一声钟激起了我的思潮。不，潮字太夸；说思流罢。耶教说阿门，印度教人说"欧姆"（O-m），与这钟声的嗡嗡，同是从撮口外摄到阖口内包的一个无限的波动；分明是外扩，却又是内潜；一切在它的周缘，却又在它的中心：同时是皮又是核，是轴亦复是廓。"这伟大奥妙的"（Om）使人感到动，又感到静；从静中见动，又从动中见静。从安住到飞翔，又从飞翔回复安住；从实在境界超入妙空，又从妙空化生实在：

"闻佛柔软音，深远甚微妙。"

多奇异的力量！多奥妙的启示！包容一切冲突性的现象，扩大刹那间的视域，这单纯的音响，于我是一种智灵的洗净。花开，花落，天外的流星与田畦间的飞萤，上缩云天的青松，下临绝海的巉岩，男女的爱，珠宝的光，火山的熔液：一婴儿在它的摇篮中安眠。

这山上的钟声是昼夜不间歇的，平均五分钟一次。打钟的和尚独自在钟头上住着，据说他已经不间歇的打了十一年钟，他的愿心是打到他不能动弹的那天，钟楼上供着菩萨，打钟人在大钟的一边安着他的"座"，他每晚是坐着安神的，一只手挽着钟槌的一头，从长期的习惯，不叫睡眠耽误他的职司。"这和尚，"我自忖，"一定是有道理的！和尚是没道理的多：方才那知客僧想把七窍蒙充六根，怎么算总多了一个鼻孔或是耳孔；那方丈师的谈吐里不少某督军与某省长的点缀；那管半山亭的和尚更是贪嗔的化身，无端摔破了两个无辜的茶碗。但这打钟和尚，他一定不是庸流不能不去看看！"他的年岁在五十开外，出家有二十几年，这钟楼，不错，是他管的，这钟是他打的（说着他就过去撞了一下），他每晚，也不错，是坐着安神的，但此外，可怜，我的俗眼竟看不出什么异样。他拂拭着神龛，神座，拜垫，换上香烛，掇一盂水，洗一把青菜，捻一把米，擦干了手接受香客的布施，又转身去撞一声钟。他脸上看不出修行的清癯，却没有失眠的倦态，倒是满满的不时有笑容的展露；念什么经；不就念阿弥陀佛，他竟许是不认识字的。"那一带是什么山，叫什么，和尚?""这里是天目山"，他说。"我知道，我说的是那一带的"，我手点着问。"我不知道。"他回答。

山上另有一个和尚，他住在更上去昭明太子读书台的旧址，盖有几间屋，供着佛像，也归庙管的，叫作茅棚，但这不比得普陀山上的真茅棚，那看了怕人的，坐着或是偎着修行的和尚没一个不是鹄形鸠面，鬼似的东西。他们不开口的多，你爱布施什么就放在他跟前的簸子或是盘子里，他们怎么也不睁眼，不出声，随你给的是金条或是铁条。人说得更奇了，有的半年没有吃过东西，不曾挪过窝，可还是没有死，就这冥冥的坐着。他们大约离成佛不远了，单看他们的脸色，就比石片泥土不差什么，一样这黑剌剌，死僵僵的。"内中有几个，"香客们说，"已经成了活佛，我们的祖母早三十年来就看见他们这样坐着的!"

但天目山的茅棚以及茅棚里的和尚，却没有那样的浪漫出奇。茅棚是尽够蔽风雨的屋子，修道的也是活鲜鲜的人，虽则他并不因此减却他给我们的趣味。他是一个高身材，黑面目，行动迟缓的中年人；他出家将近十年，三年前坐过禅关，现在这山上茅棚里来修行；他在俗家时是个商人，家中有父母兄弟姊妹，也许还有自身的妻子；他不曾明说他中年出家的缘由，他只说"俗业太重了，还是出家从佛的好"。但从他沉着的语音与持重的神态中可以觉出他不仅是曾经在人事上受过磨折，并且是在思想上能分清黑白的人。他的口，他的眼，都泄漏着他内里强自抑制，魔与佛交斗的痕迹；说他是放过火杀过人的忏悔者，可信；说他是个回头的浪子，也可信。他不比那钟楼上人的不着颜色，不露曲折：他分明是色的世界里逃来的一个囚犯。三年的禅关，三年的草棚，还不曾压倒，不曾灭净，他肉身的烈火。"俗业太重了，不如出家从佛的好"；这话里岂不战栗着一往忏悔的深心？我觉着好奇；我怎么能得知他深夜趺坐时意念的究竟？

佛于大众中　说我当作佛

闻如是法音　疑悔悉已除

初闻佛所说　心中大惊疑

将非魔所说①　恼乱我心耶

　　但这也许看太奥了。我们承受西洋人生观洗礼的，容易把做人看太积极，入世的要求太猛烈，太不肯退让，把住这热虎虎的一个身子一个心放进生活的轧床去，不叫他留存半点汁水回去；非到山穷水尽的时候，决不肯认输，退后，收下旗帜；并且即使承认了绝望的表示，他往往直接向生存本体的取决，不来半不阑珊的收回了步子向后退：宁可自杀，干脆的生命的断绝，不来出家，那是生命的否认。不错，西洋人也有出家做和尚做尼姑的，例如亚佩腊与爱洛绮丝，但在他们是情感方面的转变，原来对人的爱移作上帝的爱，这知感的自体与它的活动依旧不含糊的在着；在东方人，这出家是求情感的消灭，皈依佛法或道法，目的在自我一切痕迹的解脱。再说，这出家或出世的观念的老家，是印度不是中国，是跟着佛教来的；印度何以会发生这类思想，学者们自有种种哲理上乃至物理上的解释，也尽有趣味的。中国何以能容留这类思想，并且在实际上出家做尼僧的今天不比以前少（我新近一个朋友差一点做了小和尚）！这问题正值得研究，因为这分明不仅仅是个知

———————————

① 疑为"将非魔作佛"。

识乃至意识的浅深问题，也许这情形尽有极有趣味的解释的可能，我见闻浅，不知道我们的学者怎样想法，我愿意领教。

十五年九月

"浓得化不开"（星加坡）

　　大雨点打上芭蕉有铜盘的声音，怪。"红心蕉"，多美的字面，红得浓得好。要红，要热，要烈，就得浓，浓得化不开，树胶似的才有意思，"我的心像芭蕉的心，红……"不成！"紧紧的卷着，我的红浓的芭蕉的心……"更不成。趁早别再诌什么诗了。自然的变化，只要你有眼，随时随地都是绝妙的诗。完全天生的。白做就不成。看这骤雨，这万千雨点奔腾的气势，这迷蒙，这渲染，看这一小方草地生受这暴雨的侵凌，鞭打，针刺，脚踹，可怜的小草，无辜的……可是慢着，你说小草要是会说话。它们会嚷痛，会叫冤不？难说他们就爱这门儿——出其不意的，使蛮劲的，太急一些，当然，可这正见情热，谁说这外表的凶狠不是变相的爱。有人就爱这急劲儿!

再说小草儿吃亏了没有,让急雨狼虎似的胡亲了这一阵子?别说了,它们这才真漏着喜色哪,绿得发亮,绿得生油,绿得放光。它们这才乐哪!

呒,一首淫诗,蕉心红得浓,绿草绿成油。本来末,自然就是淫,它那从来不知厌满的创化欲的表现还不是淫:淫,甚也。不说别的,这雨后的泥草间就是万千小生物的胎宫,蚊虫,甲虫,长脚虫,青跳虫,慕光明的小生灵,人类的大敌。热带的自然更显得浓厚,更显得猖狂,更显得淫,夜晚的星都显得玲珑些,像要向你说话半开的妙口似的。

可是这一个人耽在旅舍里看雨,够多凄凉。上街不知向哪儿转,一个熟脸都看不见,话都说不通,天又快黑,胡湿的地,你上哪儿去?得。"有孤王……"一个小声音从廉枫的嗓子里自己唱了出来。"坐至在梅……"怎么了!哼起京调来了?一想着单身就转着梅龙镇,再转就该是李凤姐了吧,哼!好,从高超的诗思堕落到腐败的戏腔!可是京戏也不一定是腐败,何必一定得跟着现代人学势利?正德皇帝在梅龙镇上,林廉枫在星加坡。他有凤姐,我——惭愧没有。廉枫的眼前晃着舞台上凤姐的倩影,曳着围巾,托着盘,踩着跷。"自幼儿"……去你的!可是这闷是真的。雨后的天黑得更快，黑影一幕幕的直盖下来，麻雀儿都回家了。干什么好呢？有什么可干的？这叫做孤单的况味。这叫做闷。怪不得唐明皇在斜谷口听着栈道中的雨声难过，良心发见，想着玉环……我负了卿，负了卿……转自忆荒茔，——呒，又是戏！又不是戏迷，左哼右哼哼什么的！出门吧。

廉枫跳上了一架厂车，也不向那戴回子帽的马来人开口，就用手比了一个丢圈子的手势。其马来人完全了解，脑袋微微的一侧，车就开了。焦桃片似的店房，黑芝麻长条饼似的街，野兽似的汽车，磕头虫似的人力车，长人似的树，矮树似的人。廉枫在急掣的车上快镜似的收着模糊的影片，同时顶头风刮得他本来梳整齐的分边的头发直向后冲，有几根沾着他的眼皮痒痒的舐，掠上了又下来，怪难受的。这风可真凉爽，皮肤上，毛孔里，哪儿都受用，像是在最温柔的水波里游泳。做鱼的快乐。气流似乎是密一点，显得沉。一只疏荡的胳膊压在你的心窝上……确是有肉糜的气息，浓得化不开。快，快，芭蕉的巨灵掌，椰子树的旗头，橡皮树的白鼓眼，棕榈树的毛大腿，合欢树的红花痢，无花果树的要饭腔，蹲着脖子，弯着臂膊……快，快，马来人的花棚，中国人家的甏灯，西洋人家的牛奶瓶，回子的回子帽，一脸的黑花，活像一只煨灶的猫……

车忽然停住在那有名的猪水潭的时候，廉枫快活的心轮转得比车轮更显得快，这一顿才把他从幻想里锤了回来。这时候旅困是完全叫风给刮散了。风也刮散了天空的云，大狗星张着大眼霸占着东半天，猎夫只看见两只腿，天马也只漏半身，吐鲁士牛大哥只翘着一支小尾。咦，居然有湖心亭。这是谁的主意？红毛人都雅化了，唉。不坏，黄昏未死的紫曛，湖边丛林的倒影，林树间艳艳的红灯，瘦玲玲的窄堤桥连通着湖亭。水面上若无若有的涟漪，天顶几颗疏散的星。真不坏。但他走上堤桥不到半路就发见那亭子里一齿齿的把柄，原来这是为安量水表的，可这也将就，反正轮廓是一座湖亭，平湖秋月……吮，有人在哪！这回他发见的是靠亭阑的一双人影，本来是糊成一饼的，他一走近打搅了他们。"道歉，有扰清兴，但我还不只是一朵游云，虑俺作甚。"廉枫默诵着他戏白的念头，粗粗望了望湖，转身走了回去。"苟……"他坐上车起首想，但他记起了烟卷，忙着在风尖上划火，下文如其有，也在他第一喷龙卷烟里没了。

廉枫回进旅店门仿佛又投进了昏沉的圈套。一阵热，一阵烦，又压上了他在晚凉中疏爽了来的心胸。他正想叹一口安命的气走上楼去，他忽然感到一股彩流的袭击从右首窗边的桌座上飞骠了过来。一种巧妙的敏锐的刺激，一种浓艳的警告，一种不是没有美感的迷惑。只有在巴黎晦盲的市街上走进新派的画店时，仿佛感到过相类的惊惧。一张佛拉明果①的野景，一幅玛提斯的窗景，或是佛朗次马克的一方人头马面。或是马克夏高尔②一个卖菜老头。可这是怎么了，那窗边又没有挂什么未来派的画，廉枫最初感觉到的是一球大红，像是火焰，其次是一片乌黑，墨晶似的浓，可又花须似的轻柔；再次是一流蜜，金漾漾的一泻，再次是朱古律（chocolate），饱和着奶油最可口的朱古律。这些色感因为浓初来显得凌乱，但瞬息间线条和轮廓的辨认笼住了色彩的蓬勃的波流。廉枫幽幽的喘了一口气。"一个黑女人，什么了！"可是多妖艳的一个黑女，这打扮真是绝了，艺术的手腕神化了天生的材料，好！乌黑的惺忪的是她的发，红的是一边鬓角上的插花，蜜色是她的玲巧的挂肩，朱古律是姑娘的肌肤的鲜艳，得儿朗打打，得儿铃丁丁……廉枫停步在楼梯边的欣赏不期然的流成了新韵。

　　"还漏了一点小小的却也不可少的点缀，她一只手腕上

---

① 佛拉明果，通译韦拉曼克（1876—1958），法国画家，野兽派代表人物。
② 马克夏高尔，通译马克斯·克林格尔（1857—1920），德国画家，象征主义画派代表人物。

还戴着一小支金环哪。"廉枫上楼进了房还是尽转着这绝妙的诗题——色香味俱全的奶油朱古律，耐宿儿老牌，两个便士一厚块，拿铜子往轧缝里放，一，二，再拉那铁环，喂，一块印金字红纸包的耐宿儿奶油朱古律。可口！最早黑人上画的怕是孟内那张《奥林比亚》吧，有心机的画家，廉枫躺在床上在脑筋里翻着近代的画史。有心机有胆识的画家，他不但敢用黑，而且敢用黑来衬托黑，唉，那斜躺着的奥林比亚不是鬓上也插着一朵花吗？底下的那位很有点像奥林比亚的抄本，就是白的变黑了。但最早对朱古律的肉色表示敬意的可还得让还高根，对了，就是那味儿，浓得化不开，他为人间，发现了朱古律皮肉的色香味，他那本 *Noa*，*Noa* 是二十世纪的"新生命"——到半开化，全野蛮的风土间去发见文化的本真，开辟文艺的新感觉……

但底下那位朱古律姑娘倒是作什么的？作什么的，傻子！她是一个人道主义者，一筏普济的慈航，她是赈灾的特派员，她是来慰藉旅人的幽独的。可惜不曾看清她的眉目，望去只觉得浓，浓得化不开。谁知道她眉清还是目秀。眉清目秀！思想落后！唯美派的新字典上没有这类腐败的字眼。且不管她眉目，她那姿态确是动人，怯怜怜的，简直是秀丽，衣服也剪裁得好，一头蓬松的乌霞就耐人寻味。"好花儿出至在僻岛上！"廉枫闭着眼又哼上了。……

"谁！"窸窣的门响将他从床上惊跳了起来，门慢慢的自己开着，廉枫的眼前一亮，红的！一朵花！是她！进来了！这怎么好！镇定，傻子，这怕什么？

她果然进来了，红的，蜜的，乌的，金的，朱古律，耐宿儿，奶油，全进来了。你不许我进来吗？朱古律笑口的低声的唱着，反手关上了门。这回眉目认得清楚了。清秀，秀丽，韶丽；不成，实在得另翻一本字典，可是"妖艳"，总合得上。廉枫迷胡的脑筋里挂上了"妖""艳"两个大字。朱古律姑娘也不等请，已经自己坐上了廉枫的床沿。你倒像是怕我似的，我又不是马来半岛上的老虎！朱古律的浓重的色浓重的香团团围裹住了半心跳的旅客。浓得化不开！李凤姐，李凤姐，这不是你要的好花儿自己来了！笼着金环的一支手腕放上了他的身，紫姜的一支小手把住了他的手。廉枫从没有知道他自己的手有那样的白。"等你家哥哥回来"……廉枫觉得他自己变了骤雨下的小草，不知道是好过，也不知道是难受。湖心亭上那一饼子黑影。大自然的创化欲。你不爱我吗？朱古律的声音也动人——脆，幽，媚。一只青蛙跳进了池潭，扑崔！猎夫该从林子里跑出来了吧？你不爱我吗？我知道你爱，方才你在楼梯边看我我就知道，对不对亲孩子？紫姜辣上了他的面庞，救驾！快辣上他的口唇了。可怜的孩子，一个人住着也不嫌冷清，你瞧，这胖胖的荷兰老婆①都让你抱瘪了，你不害臊吗？廉枫一看果然那荷兰老婆让他给挤扁了，他不由的觉得脸有些发烧。我来做你的老婆好不好？朱古律的乌云都盖下来了。"有孤王……"使不得。朱古律，盖苏文，青面獠牙的……"乾米一家的姑母，"血盆的大口，高耸的颧骨，狼嗥的笑响……鞭打，针刺，脚踢——喜色，呸，见鬼！唷，闷死了，不好，茶房！

廉枫想叫可是嚷不出，身上油油的觉得全是汗。醒了醒了，可了不得，这心跳得多厉害。荷兰老婆活该遭劫，夹成了一个破烂的葫芦。廉枫觉得口里直发腻，紫姜，朱古律，也不知是什么。浓得化不开。

十七年一月

---

① 荷兰老婆，Dutch wife，南洋人用的长枕，"竹夫人"一类的。——作者注

"浓得化不开"之二（香港）[1]

　　廉枫到了香港，他见的九龙是几条盘错的运货车的浅轨，似乎有头有尾，有中段，也似乎有隐现的爪牙，甚至在火车头穿度那栅门时似乎有迷漫的云气。中原的念头，虽则有广九车站上高标的大钟的暗示，当然是不能在九龙的云气中幸存。这在事实上也省了许多无谓的感慨。因此眼看着对岸，屋宇像樱花似盛开着的一座山头，如同对着希望的化身，竟然欣欣的上了渡船，从妖龙的脊背上过渡到希望的化身去。

　　富庶，真富庶，从街角上的水果摊看到中环乃至上环

① 原刊1929年3月《新月》第2卷第1期。

大街的珠宝店；从悬挂得如同Banyan①树一般繁衍的腊食及海味铺看到穿着定阔花边艳色新装走街的粤女；从石子街的花市看到饭店门口陈列着"时鲜"的花狸金钱豹以及在浑水盂内倦卧着的海狗鱼，唯一的印象是一个不容分析的印象：浓密，琳琅。琳琅琳琅，廉枫似乎听得到钟磬相击的声响。富庶，真富庶。

但看香港，至少玩香港少不了坐吊盘车上山去一趟。这吊着上去是有些好玩。海面，海港，海边，都在轴辘声中继续的往下沉。对岸的山，龙蛇似盘旋着的山脉，也往下沉，但单是直落的往下沉还不奇，妙的是一边你自身凭空的往上提，一边绿的一角海，灰的一陇山，白的方的房屋，高直的树，都怪相的一头吊了起来，结果是像一幅画斜提着看似的。同时这边的山头从平放的馒头变成侧竖的，山腰里的屋子从横刺里倾斜了去，相近的树木也跟着平行的来。怪极了。原来一个人从来不想到他自己的地位也有不端正的时候；你坐在吊盘车里只觉得眼前的事物都发了疯，倒竖了起来。

但吊盘车的车里也有可注意的。一个女性在廉枫的前几行椅座上坐着。她满不管车外拿大顶的世界，她有她的

---

① Banyan，榕树。

世界。她坐着，屈着一只腿，脑袋有时枕着椅背，眼向着车顶望，一个手指含在唇齿间。这不由人不注意。她是一个少妇与少女间的年轻女子。这不由人不注意，虽则车外的世界都在那里倒竖着玩。

她在前面走。上山。左转弯，右转弯，宕一个。山腰的弧线，她在前面走。沿着山堤，靠着岩壁，转入 Aloe^① 丛中，绕着一所房舍，抄一折小径，拾几级石磴，她在前面走。如其山路的姿态是婀娜，她的也是的。灵活的山的腰身，灵活的女人的腰身。浓浓的折叠着，融融的松散着。肌肉的神奇！动的神奇！

廉枫心目中的山景，一幅幅的舒展着，有的山背海，有的山套山，有的浓荫，有的巉岩，但不论精粗，每幅的中点总是她，她的动，她的中段的摆动。但当她转入一个比较深奥的山坳时廉枫猛然记起了 Tannhäuser^②的幸运与命运——吃灵魂的薇纳丝。一样的肥满。前面别是她的洞府吭危险，小心了！

她果然进了她的洞府，她居然也回头看来，她竟然似

---

① Aloe，芦荟。

② Tannhäuser，通译汤豪泽，德国 12 世纪诗人，后来成为民谣中的英雄人物。

乎在回头时露着微哂的瓠犀。孩子，你敢吗？那洞府径直的石级竟像直通上天。她进了洞了。但这时候路旁又发生一个新现象，惊醒了廉枫"邓浩然"[1]的遐想。一个老婆子操着最破烂的粤音问他要钱，她不是花子，至少不是职业的，因为她现成有她体面的职业。她是一个劳工。她是一个挑砖瓦的。挑砖瓦上山因红毛人[2]要造房子。新鲜的是她同时挑着不止一副重担，她的是局段的回复的运输。挑上一担，走上一节路，空身下来再挑一担上去，如此再下再上，再下再上。她不但有了年纪，她并且是个病人，她的喘是哮喘，不仅是登高的喘，她也咳嗽，她有时全身都咳嗽。但她可解释错了。她以为廉枫停步在路中是对她发生了哀怜的趣味；以为看上了她！她实在没有注意到这位年轻人的眼光曾经飞注到云端里的天梯上。她实在想不到在这寂寞的山道上会有与她利益相冲突的现象。她当然不能使他失望。当得成全他的慈悲心。她向他伸直了她的一只焦枯得像贝壳似的手，口里呢喃着在她是最软柔的语调。但"她"已经进洞府了。

往更高处去。往顶峰的顶上去。头顶着天，脚踏着地

---

① "邓浩然"，即上文中的Tannhäuser（汤豪泽）。
② 红毛人，对西方人的蔑称。

尖，放眼到寥廓的天边。这次的凭眺不是寻常的凭眺。这不是香港，这简直是蓬莱仙岛，廉枫的全身，他的全人，他的全心神，都感到了酣醉，觉得震荡。宇宙的肉身的神奇。动在静中，静在动中的神奇。在一刹那间，在他的眼内，在他的全生命的眼内，这当前的景象幻化成一个神灵的微笑，一折完美的歌调，一朵宇宙的琼花。一朵宇宙的琼花在时空不容分仳的仙掌上俄然的擎出了它全盘的灵异。山的起伏，海的起伏，光的超伏；山的颜色，水的颜色，光的颜色——形成了一种不可比况的空灵，一种不可比况的节奏，一种不可比况的谐和。一方宝石，一球纯晶，一颗珠，一个水泡。

但这只是一刹那，也许只许一刹那。在这刹那间廉枫觉得他的脉搏都止息了跳动。他化入了宇宙的脉搏。在这刹那间一切都融合了，一切都消纳了，一切都停止了它本体的现象的动作来参加这"刹那的神奇"的伟大的化生。在这刹那间他上山来心头累聚着的杂格的印象与思绪梦似的消失了踪影。倒挂的一角海，龙的爪牙，少妇的腰身，老妇人的手与乞讨的碎琐，薇纳丝的洞府，全没了。但转瞬间现象的世界重复回还。一层纱幕，适才睁眼纵览时顿然揭去的那一层纱幕，重复不容商榷的盖上了大地。在你也回复了各自的辨认的感觉，这景色是美，美极了的，但不再是方才那整个的灵异。另一种文法，另一种关键，另一种意义也许，但不再是那个。它的来与它的去，正如恋爱，正如信仰，不是意力可以支配，可以作主的。他这时候可以分别的赏识这一峰是一个秀挺的莲苞，那一屿像一只雄蹲的海豹，或是那湾海像一钩的眉月；他也能欣赏这幅天然画图的色彩与线条的配置，透视的匀整或是别的什么，但他见的只是一座山峰，一湾海，或是一幅画图。他尤其惊讶那波光的灵秀，有的是绿玉，有的是紫晶，有的是琥珀，有的是翡翠，这波光接连着山岚的晴霭，化成一种异样的珠光，扫荡着无际的青空，但就这也是可以指点，可以比况给你身旁的友伴的一类诗意，也不再是初起那回事。这层遮隔的纱幕是盖定的了。

因此廉枫拾步下山时心胸的舒爽与恬适不是不和杂着，虽则是隐隐的，一些无名的惆怅。过山腰时他又飞眼望了望那"洞府"，也向路侧寻觅那挑砖瓦的老妇，她还是忙着搬运着她那搬运不完的重担。但她对他犹是对"她"兴趣远不如上山时的那样馥郁了。他到半山的凉座地方坐下来休息时，他的思想几乎完全中止了活动。

海滩上种花

就使打破了头，
也还要保持我灵魂的自由。

"就使打破了头，
也还要保持我灵魂的自由"①

照群众行为看起来，中国人是最残忍的民族。

照个人行为看起来，中国人大多数是最无耻的个人。慈悲的真义是感觉人类应感觉的感觉，和有胆量来表现内动的同情。中国人只会在杀人场上听小热昏②，决不会在法庭上贺喜判决无罪的刑犯；只想把洁白的人齐拉入混浊的

① 原刊1923年1月28日《努力周报》第39期。1923年1月，北洋政府教育总长彭允彝干涉司法，引起知识界普遍愤慨，北京大学校长蔡元培为抗议此事，提出辞职，并发表宣言，申明对政府采取不合作态度。徐志摩此文是从人格与公道的立场上对蔡元培的支持。
② 小热昏，江浙一带民间的一种曲艺样式。

水里，不会原谅拿人格的头颅去撞开地狱门的牺牲精神。只是"幸灾乐祸"，"投井下石"，不会冒一点子险去分肩他人为正义而奋斗的负担。

从前在历史上，我们似乎听见过有什么义呀侠呀，什么当仁不让，见义勇为的榜样呀，气节呀，廉洁呀，等等。如今呢，只听见神圣的职业者接受蜜甜的"冰炭敬"，磕拜寿祝福的响头，到处只见拍卖人格"贱卖灵魂"的招贴。这是革命最彰明的成绩，这是华族民国最动人的广告！

"无理想的民族必亡"，是一句不刊的真言。我们目前的社会政治走的只是卑污苟且的路，最不能容许的是理想，因为理想好比一面大镜子，若然摆在面前，一定照出魑魅魍魉的丑迹。莎士比亚的丑鬼卡立朋①（Caliban）有时在海水里照出自己的尊容，总是恼羞成怒的。

所以每次有理想主义的行为或人格出现，这卑污苟且的社会一定不能容忍；不是拳打脚踢，也总是冷嘲热讽，总要把那三闾大夫②硬推入汨罗江底，他们方才放心。

我们从前是儒教国，所以从前理想人格的标准是智仁

---

① 卡立朋，通译凯列班，莎士比亚戏剧《暴风雨》中的人物，一个野蛮而丑怪的奴隶。

② 三闾大夫，指战国时期楚国的大诗人屈原。

勇。现在不知道变成了什么国了，但目前最普通人格的通性，明明是愚暗残忍懦怯，正得一个反面。但是真理正义是永生不灭的圣火；也许有时遭被蒙盖掩翳罢了。大多数的人一天二十四点钟的时间内，何尝没有一刹那清明之气的回复？但是谁有胆量来想他自己的想，感觉他内动的感觉，表现他正义的冲动呢？

蔡元培所以是个南边人说的"戆大"，愚不可及的一个书呆子，卑污苟且社会里的一个最不合时宜的理想者。所以他的话是没有人能懂的；他的行为是极少数人——如真有——敢表同情的；他的主张，他的理想，尤其是一盆飞旺的炭火，大家怕炙手，如何敢去抓呢？

"小人知进而不知退。"

"不忍为同流合污之苟安。"

"不合作主义。"

"为保持人格起见……"

"生平仅知是非公道，从不以人为单位。"

这些话有多少人能懂，有多少人敢懂？

这样的一个理想者，非失败不可；因为理想者总是失败的。若然理想胜利，那就是卑污苟且的社会政治失败——那是一个过于奢侈的希望了。

有知识有胆量能感觉的男女同志，应该认明此番风潮是个道德问题；随便彭允彝京津各报如何淆惑，如何谣传，如何去牵涉政党，总不能掩没这风潮里面一点子理想的火星。要保全这点子小小的火星不灭，是我们的责任，是我们良心上的负担；我们应该积极同情这番拿人格头颅去撞开地狱门的精神。

我过的端阳节

我方才从南口回来。天是真热，朝南的屋子里都到九十度以上，两小时的火车竟如在火窖中受刑，坐起一样的难受。我们今天一早在野鸟开唱以前就起身，不到六时就骑骡出发，除了在永陵休息半小时以外，一直到下午一时余，只是在高度的日光下赶路。我一到家，只觉得四肢的筋肉里像用细麻绳扎紧似的难受，头里的血，像沸水似的急流，神经受了烈性的压迫，仿佛无数烧红的铁条蛇盘似的绞紧在一起……

一进阴凉的屋子，只觉得一阵眩晕从头顶直至踵底，不仅眼前望不清楚，连身子也有些支持不住。我就向着最近的藤椅上瘫了下去，两手按住急颤的前胸，紧闭着眼，纵容内心的浑沌，一片暗黄，一片茶青，一片墨绿，影片似的在倦绝的眼膜上扯过……

直到洗过了澡，神志方才回复清醒，身子也觉得异常的爽快，我就想了……

人啊，你不自己惭愧吗？

野兽，自然的，强悍的，活泼的，美丽的；我只是羡慕你。

什么是文明：只是腐败了的野兽！你若是拿住一个文明惯了的人类，剥了他的衣服装饰，夺了他作伪的工具——语言文字，把他赤裸裸的放在荒野里看看——多么"寒村"①的一个畜生呀！恐怕连长耳朵的小骡儿，都瞧他不起哪！

白天，狼虎放平在丛林里睡觉，他躲在树荫底下发痧。

晚上清风在树林中演奏轻微的妙乐，鸟雀儿在巢里做好梦，他倒在一块石上发烧咳嗽——着了凉！

也不等狼虎去商量他有限的皮肉，也不必小雀儿去嘲笑他的懦弱；单是他平常歌颂的艳阳与凉风，甘霖与朝露，已够他的受用：在几小时之内可使他脑子里消灭了金钱、名誉、经济、主义等等的虚景，在一半天之内，可使他心

---

① 寒村，现作寒碜。

窝里消灭了人生的情感悲乐种种的幻象，在三两天之内——如其那时还不曾受淘汰——可使他整个的超出了文明人的丑态，那时就叫他放下两只手来替脚平分走路的负担，他也不以为离奇，抵拼撕破皮肉爬上树去采果子吃，也不会感觉到体面的观念……

平常见了活泼可爱的野兽，就想起红烧野味之美，现在你失去了文明的保障，但求彼此平等待遇两不相犯，已是万分的侥幸……

文明只是个荒谬的状况；文明人只是个凄惨的现象，——

我骑在骡上嚷累叫热，跟着哑巴的骡夫，比手势告诉我他整天的跑路，天还不算顶热，他一路很快活的不时采一朵野花，拆一茎麦穗，笑他古怪的笑，唱他哑巴的歌；我们到了客寓喝冰汽水喘息，他路过一条小涧时，扑下去喝一个贴面饱，同行的有一位说："真的，他们这样的胡喝，就不会害病，真贱！"

回头上了头等车坐在皮椅上嚷累叫热，又是一瓶两瓶的冰水，还怪嫌车里不安电扇；同时前面火车头里司机的加煤的，在一百四五十度的高温里笑他们的笑，谈他们的谈……

田里刈麦的农夫拱着棕黑色的裸背在工作，从早起已经做了八九时的工，热烈的阳光在他们的皮上像在打出火星来似的，但他们却不曾嚷腰酸叫头痛⋯⋯

我们不敢否认人是万物之灵；我们却能断定人是万物之淫；

什么是现代的文明；只是一个淫的现象。

淫的代价是活力之腐败与人道之丑化。

前面是什么；没有别的，只是一张黑沉沉的大口，在我们运定的道上张开等着，时候到了把我们整个的吞了下去完事！

六月二十日①

---

① 年份为1923年。

"迎上前去"[①]

这回我不撒谎，不打隐谜，不唱反调，不来烘托；我要说几句至少我自己信得过的话，我要痛快的招认我自己的虚实，我愿意把我的花押画在这张供状的末尾。

我要求你们大量的容许，准我在我第一天接手《晨报副刊》的时候，介绍我自己，解释我自己，鼓励我自己。

我相信真的理想主义者是受得住眼看他往常保持着的理想煨成灰，碎成断片，烂成泥，在这灰，这断片，这泥的底里，他再来发现他更伟大，更光明的理想。我就是这样的一个。

---

① 原刊 1925 年 10 月 5 日《晨报副刊》。

只有信生病是荣耀的人们才来不知耻的高声嚷痛；这时候他听着有脚步声，他以为有帮助他的人向着他来，谁知是他自己的灵性离了他去！真有志气的病人，在不能自己豁脱苦痛的时候，宁可死休，不来忍受医药与慈善的侮辱。我又是这样的一个。

我们在这生命里到处碰头失望，连续遭逢"幻灭"，头顶只见乌云，地下满是黑影；同时我们的年岁，病痛，工作，习惯，恶狠狠的压上我们的肩背，一天重似一天，在无形中嘲讽的呼喝着，"倒，倒，你这不量力的蠢材！"因此你看这满路的倒尸，有全死的，有半死的，有爬着挣扎的，有默无声息的⋯⋯嘿！生命这十字架，有几个人抗得起来？

但生命还不是顶重的担负，比生命更重实更压得死人的是思想那十字架。人类心灵的历史里能有几个天成的孟贲乌育①？在思想可怕的战场上我们就只有数得清有限的几具光荣的尸体。

我不敢非分的自夸；我不够狂，不够妄。我认识我自己力量的止境，但我却不能制止我看了这时候国内思想界萎瘪现象的愤懑与羞恶。我要一把抓住这时代的脑袋，问

---

① 孟贲乌育，通译墨尔波墨涅，希腊神话中专司悲剧的文艺女神。在近代西方作品中，墨尔波墨涅有时用作"戏剧"的代名词。

它要一点真思想的精神给我看看——不是借来的税来的冒来的描来的东西，不是纸糊的老虎，摇头的傀儡，蜘蛛网幕面的偶像；我要的是筋骨里进出来，血液里激出来，性灵里跳出来，生命里震荡出来的真纯的思想。我不来问他要，是我的懦怯；他拿不出来给我看，是他的耻辱。朋友，我要你选定一边，假如你不能站在我的对面，拿出我要的东西来给我看，你就得站在我这一边，帮着我对这时代挑战。

我预料有人笑骂我的大话。是的，大话。我正嫌这年头的话太小了，我们得造一个比小更小的字来形容这年头听着的说话，写下印成的文字；我们得请一个想象力细致如史魏夫脱①（Dean Swift）的来描写那些说小话的小口，说尖话的尖嘴。一大群的食蚁兽！他们最大的快乐是忙着他们的尖喙在泥土里垦寻细微的蚂蚁。蚂蚁是吃不完的，同时这可笑的尖嘴却益发不住的向尖的方向进化，小心再隔几代连蚂蚁这食料都显太大了！

我不来谈学问，我不配，我书本的知识是真的十二分的有限。年轻的时候我念过几本极普通的中国书，这几年不但没有知新，温故都说不上，我实在是孤陋，但我却抱

---

① 史魏夫脱，通译斯威夫特（1667—1745），英国作家，著有长篇小说《格列佛游记》等。

定孔子的一句话"知之为知之，不知为不知，是知也"，决不来强不知为知；我并不看不起国学与研究国学的学者，我十二分尊敬他们，只是这部分的工作我只能艳羡的看他们去做，我自己恐怕不但今天，竟许这辈子都没希望参加的了。外国书呢？看过的书虽则有几本，但是真说得上"我看过的"能有多少，说多一点，三两篇戏，十来首诗五六篇文章，不过这样罢了。

科学我是不懂的，我不曾受过正式的训练，最简单的物理化学，都说不明白，我要是不预备就去考中学校，十分里有九分是落第，你信不信！天上我只认识几颗大星，地上几棵大树！这也不是先生教我的；从先生那里学来的，十几年学校教育给我的，究竟有些什么，我实在想不起，说不上，我记得的只是几个教授可笑的嘴脸与课堂里强烈的催眠的空气。

我人事的经验与知识也是同样的有限，我不曾做过工；我不曾尝味过生活的艰难，我不曾打过仗，不曾坐过监，不曾进过什么秘密党，不曾杀过人，不曾做过买卖，发过一个大的财。

所以你看，我只是个极平常的人，没有出人头地的学问，更没有非常的经验。但同时我自信我也有我与人不同的地方。我不曾投降这世界。这不受它的拘束。

我是一只没笼头的野马，我从来不曾站定过。我人是在这社会里活着，我却不是这社会里的一个，像是有离魂病似的，我这躯壳的动静是一件事，我那梦魂的去处又是一件事。我是一个傻子，我曾经妄想在这流动的生里发现一些不变的价值，在这打谎的世上寻出一些不磨灭的真，在我这灵魂的冒险是生命核心里的意义；我永远在无形的经验的巉岩上爬着。

　　冒险——痛苦——失败——失望，是跟着来的，存心冒险的人就得打算他最后的失望；但失望却不是绝望，这分别很大。我是曾经遭受失望的打击，我的头是流着血，但我的脖子还是硬的；我不能让绝望的重量压住我的呼吸，不能让悲观的慢性病侵蚀我的精神，更不能让厌世的恶质染黑我的血液。厌世观与生命是不可并存的；我是一个生命的信徒，起初是的，今天还是的，将来我敢说也是的。我决不容忍性灵的颓唐，那是最不可救药的堕落，同时却继续躯壳的存在；在我，单这开口说话，提笔写字的事实，就表示后背有一个基本的信仰，完全的没破绽的信仰；否则我何必再做什么文章，办什么报刊？

　　但这并不是说我不感受人生遭遇的痛创；我决不是那童骏性的乐观主义者；我决不来指着黑影说这是阳光，指着云雾说这是青天，指着分明的恶说这是善；我并不否认黑影，云雾和恶，我只是不怀疑阳光与青天与善的实在；暂时的掩蔽与侵蚀，不能使我们绝望，这正应得加倍的激动我们寻求光明的决心。前几天我觉着异常懊丧的时候无意中翻着尼采的一句话，极简单的几个字却涵有无穷的意义与强悍的力量，正如天上星斗的纵横与山川的经纬，在无声中暗示你人生的奥义，祛除你的迷惘，照亮你的思路，他说"受苦的人没有悲观的权利"（The sufferer has no right to pessimism），我那时感受一种异样的惊心，一种异样的彻悟：——

> 我不辞痛苦，因为我要认识你，上帝；
> 我甘心，甘心在火焰里存身，
> 到最后那时辰见我的真，
> 见我的真，我定了主意，上帝，再不迟疑！

所以我这次从南边回来，决意改变我对人生的态度，我写信给朋友说要来认真做一点"人的事业"了。——

> 我再不想成仙，蓬莱不是我的分；
> 我只要这地面，情愿安分的做人。

在我这"决心做人，决心做一点认真的事业"，是一个思想的大转变；因为先前我对这人生只是不调和不承认的态度，因此我与这现世界并没有什么相互的关系，我是我，它是它，它不能责备我，我也不来批评它。但这来我决心做人的宣言却就把我放进了一个有关系，负责任的地位，我再不能张着眼睛做梦，从今起得把现实当现实看：我要来察看，我要来检查，我要来清除，我要来颠扑，我要来挑战，我要来破坏。

人生到底是什么？我得先对我自己给一个相当的答案。人生究竟是什么？为什么这形形色色的，纷扰不清的现象——宗教，政治，社会，道德，艺术，男女，经济？我来是来了，可还是一肚子的不明白，我得慢慢的看古玩似的，一件件拿在手里看一个清切再来说话，我不敢保证我的话一定在行，我敢担保的只是我自己思想的忠实，我前面说过我的学识是极浅陋的，但我却并不因此自馁，有时学问是一种束缚，知识是一层障碍，我只要能信得过我能看的眼，能感受的心，我就有我的话说；至于我说的话有没有人听，有没有人懂，那是另外一件事我管不着了——"有的人身死了才出世的"，谁知道一个人有没有真的出世那　天？

是的，我从今起要迎上前去！生命第一个消息是活动，第二个消息是搏斗，第三个消息是决定；思想也是的，活动的下文就是搏斗。搏斗就包含一个搏斗的对象，许是人，许是问题，许是现象，许是思想本体。一个武士最大的期望是寻着一个相当的敌手，思想家也是的，他也要一个可以较量他充分的力量的对象，"攻击是我的本性，"一个哲学家说，"要与你的对手相当——这是一个正直的决斗的第一个条件。你心存鄙夷的时候你不能搏斗。你占上风，你认定对手无能的时候你不应当搏斗。我的战略可以约成四个原则：——第一，我专打正占胜利的对象——在必要时我暂缓我的攻击，等他胜利了再开手；第二，我专打没有人打的对象，我这边不会有助手，我单独的站定一边——在这搏斗中我难为的只是我自己；第三，我永远不来对人的攻击——在必要时我只拿一个人格当显微镜用，借它来显出某种普遍的，但却隐遁不易踪迹的恶性；第四，我攻击某事物的动机，不包含私人嫌隙的关系，在我攻击是一个善意的，而且在某种情况下，感恩的凭证。"

这位哲学家的战略，我现在僭引作我自己的战略，我盼望我将来不至于在搏斗的沉酣中忽略了预定的规律，万一疏忽时我恳求你们随时提醒。我现在戴我的手套去！

吸烟与文化 (牛津)

一

　　牛津是世界上名声压得倒人的一个学府。牛津的秘密是它的导师制。导师的秘密，按利卡克教授说，是"对准了他的徒弟们抽烟"。真的，在牛津或康桥地方要找一个不吸烟的学生是很费事的——先生更不用提。学会抽烟，学会沙发上古怪的坐法，学会半吞半吐的谈话——大学教育就够格儿了。"牛津人"，"康桥人"，还不彀斗吗？我如其有钱办学堂的话，利卡克说，第一件事情我要做的是造一间吸烟室，其次造宿舍，再次造图书室；真要到了有钱没地方花的时候再来造课堂。

二

怪不得有人就会说，原来英国学生就会吃烟，就会懒惰。臭绅士的架子！臭架子的绅士！难怪我们这年头背心上刺刺的老不舒服，原来我们中间也来了几个叫土巴菰①烟臭薰出来的破绅士！

这年头说话得谨慎些。提起英国就犯嫌疑。贵族主义！帝国主义！走狗！挖个坑埋了他！

实际上事情可不这么简单。侵略，压迫，该咒是一件事，别的事情可不跟着走。至少我们得承认英国，就它本身说，是一个站得住的国家，英国人是有出息的民族。它的是有组织的生活，它的是有活气的文化。我们也得承认牛津或是康桥至少是一个十分可羡慕的学府，它们是英国文化生活的娘胎。多少伟大的政治家，学者，诗人，艺术家，科学家，是这两个学府的产儿——烟味儿给薰出来的。

---

① 土巴菰，英文烟草（tobacco）一词的音译。

三

利卡克的话不完全是俏皮话。"抽烟主义"是值得研究的。但吸烟室究竟是怎么一回事？烟斗里如何抽得出文化真髓来？对准了学生抽烟怎样是英国教育的秘密？利卡克先生没有描写牛津，康桥生活的真相；他只这么说，他不曾说出一个所以然来。许有人愿意听听的，我想。我也叫名在英国念过两年书，大部分的时间在康桥。但严格的说，我还是不够资格的。我当初并不是像我的朋友温源宁先生似的出了大金镑正式去请教薰烟的：我只是个，比方说，烤小半熟的白薯，离着焦味儿透香还正远哪。但我在康桥的日子可真是享福，深怕这辈子再也得不到那样蜜甜的机会了。我不敢说康桥给了我多少学问或是教会了我什么。我不敢说受了康桥的洗礼，一个人就会变气息，脱凡胎。我敢说的只是——就我个人说，我的眼是康桥教我睁的，我的求知欲是康桥给我拨动的，我的自我的意识是康桥给我胚胎的。我在美国有整两年，在英国也算是整两年。在美国我忙的是上课，听讲，写考卷，龈橡皮糖，看电影，赌咒，在康桥我忙的是散步，划船，骑自行车，抽烟，闲谈，吃五点钟茶，牛油烤饼，看闲书。如其我到美国的时候是一个不含糊的草包，我离开自由神的时候也还是那原封没有动；但如其我在美国时候不曾通窍，我在康桥的日子至少自己明白了原先只是一肚子颟顸。这分别不能算小。

我早想谈谈康桥，对它我有的是无限的柔情。但我又怕亵渎了它似的始终不曾出口。这年头！只要"贵族教育"一个无意识的口号就可以把牛顿，达尔文，米尔顿[1]，拜伦，华茨华斯[2]，阿诺尔德[3]，纽门[4]，罗刹蒂[5]、格兰士顿等等所从来的母校一下抹煞。再说年来交通便利了，各式各种日新月异的教育原理教育新制翩翩的从各方向的外洋飞到中华，哪还容得厨房老过四百年墙壁上爬满骚胡髭一类藤萝的老书院一起来上讲坛？

---

[1] 米尔顿，后文中的密尔顿，通译弥尔顿（1608—1674），英国诗人、政论家，著有《失乐园》等。

[2] 华茨华斯，后文中的华茨华士，通译华兹华斯（1770—1850），英国诗人，著有长诗《序曲》等。

[3] 阿诺尔德，通译阿诺德（1822—1888），英国诗人、批评家，曾任牛津大学教授。

[4] 纽门，通译纽曼（1801—1890），英国基督教圣公会内部牛津运动领袖，后改奉天主教。

[5] 罗刹蒂，通译罗赛蒂（1828—1882），英国画家、诗人。

四

但另换一个方向看去，我们也见到少数有见地的人再也看不过国内高等教育的混沌现象，想跳开了踩烂的道儿，回头另寻新路走去。向外望去，现成有牛津，康桥青藤缭绕的学院招着你微笑；回头望去，五老峰下飞泉声中白鹿洞一类的书院瞅着你惆怅。这浪漫的思乡病跟着现代教育丑化的程度在少数人的心中一天深似一天。这机械性，买卖性的教育够腻烦了，我们说。我们也要几间满沿着爬山虎的高雪克屋子①来安息我们的灵性，我们说。我们也要一个绝对闲暇的环境好容我们的心智自由的发展去，我们说。

林玉堂先生在《现代评论》登过一篇文章谈他的教育的理想。新近任叔永先生与他的夫人陈衡哲女士也发表了他们的教育的理想。林先生的意思约莫记得是想仿效牛津一类学府；陈，任两位是要恢复书院制的精神。这两篇文章我认为是很重要的，尤其是陈，任两位的具体提议，但因为开倒车走回头路分明是不合时宜，他们几位的意思并不曾得到期望的回响。想来现在的学者们太忙了，寻饭吃

---

① 高雪克屋子，通译哥特式（Gothic）建筑。

的，做官的，当革命领袖的，谁都不得闲，谁都不愿闲，结果当然没有人来关心什么纯粹教育（不含任何动机的学问）或是人格教育。这是个可憾的现象。

我自己也是深感这浪漫的思乡病的一个；我只要

草青人远，

一流冷涧……

但我们这想望的境界有容我们达到的一天吗？

十五年一月十四日

自　剖

　　我是个好动的人；每回我身体行动的时候，我的思想也仿佛就跟着跳荡。我做的诗，不论它们是怎样的"无聊"，有不少是在行旅期中想起的。我爱动，爱看动的事物，爱活泼的人，爱水，爱空中的飞鸟，爱车窗外掣过的田野山水。星光的闪动，草叶上露珠的颤动，花须在微风中的摇动，雷雨时云空的变动，大海中波涛的汹涌，都是在在触动我感兴的情景。是动，不论是什么性质，就是我的兴趣，我的灵感。是动就会催快我的呼吸，加添我的生命。

　　近来却大大的变样了。第一我自身的肢体，已不如原先灵活；我的心也同样的感受了不知是年岁还是什么的拘挛。动的现象再不能给我欢喜，给我启示。先前我看着在阳光中闪烁的金波，就仿佛看见了神仙宫阙——什么荒诞美丽的幻觉，不在我的脑中一闪闪的掠过；现在不同了，阳光只是阳光，流波只是流波，任凭景色怎样的灿烂，再也照不化我的呆木的心灵。我的思想，如其偶尔有，也只似岩石上的藤萝，贴着枯干的粗糙的石面，极困难的蜒着；颜色是苍黑的，姿态是崛强的。

我自己也不懂得何以这变迁来得这样的兀突，这样的深彻。原先我在人前自觉竟是一注的流泉，在在有飞沫，在在有闪光；现在这泉眼，如其还在，仿佛是叫一块石板不留余隙的给镇住了。我再没有先前那样蓬勃的情趣，每回我想说话的时候，就觉着那石块的重压，怎么也掀不动，怎么也推不开，结果只能自安沉默！"你再不用想什么了，你再没有什么可想的了"；"你再不用开口了，你再没有什么话可说的了"，我常觉得我沉闷的心府里有这样半嘲讽半吊唁的谆嘱。

说来我思想上或经验上也并不曾经受什么过分剧烈的戟刺。我处境是向来顺的，现在如其有不同，只是更顺了的。那么为什么这变迁？远的不说，就比如我年前到欧洲去时的心境：啊！我那时还不是一只初长毛角的野鹿？什么颜色不激动我的视觉，什么香味不奋兴我的嗅觉？我记得我在意大利写游记的时候，情绪是何等的活泼，兴趣何等的醇厚，一路来眼见耳听心感的种种，哪一样不活栩栩的丛集在我的笔端，争求充分的表现！如今呢？我这次到南方去，来回也有一个多月的光景，这期内眼见耳听心感的事物也该有不少。我未动身前，又何尝不自喜此去又可以有机会饱餐西湖的风色，邓尉的梅香——单提一两件最合我脾胃的事。有好多朋友也曾期望我在这闲暇的假期中采集一点江南风趣，归来时，至少也该带回一两篇爽口的诗文，给在北京泥土的空气中活命的朋友们一些清醒的消遣。但在事实上不但在南中时我白瞪着大眼，看天亮换天昏，又闭上了眼，拼天昏换天亮，一枝秃笔跟着我涉海去，又跟着我涉海回来，正如岩洞里的一根石笋，压根儿就没一点摇动的消息；就在我回京后这十来天，任凭朋友们怎样的催促，自己良心怎样的责备，我的笔尖上还是滴不出一点墨沈来。我也曾勉强想想，勉强想写，但到底还是白费！可怕是这心灵骤然的呆顿。完全死了不成？我自己在疑惑。

说来与时局也许有关系。我到京几天就逢着空前的血案。五卅事件发生时我正在意大利山中，采茉莉花编花篮儿玩，翡冷翠山中只见明星与流萤的交唤，花香与山色的温存，俗氛是吹不到的。直到七月间到了伦敦，我才理会国内风光的惨淡，等得我赶回来时，设想中的激昂，又早变成了明日黄花，看得见的痕迹只有满城黄墙上墨彩斑斓的"泣告"。

这回却不同。屠杀的事实不仅是在我住的城子里发现，我有时竟觉得是我自己的灵府里的一个惨象。杀死的不仅是青年们的生命，我自己的思想也仿佛遭着了致命的打击，比是国务院前的断胫残肢，再也不能回复生动与连贯。但这深刻的难受在我是无名的，是不能完全解释的。这回事变的奇惨性引起愤慨与悲切是一件事，但同时我们也知道在这根本起变态作用的社会里，什么怪诞的情形都是可能的。屠杀无辜，还不是年来最平常的现象。自从内战纠结以来，在受战祸的区域内，哪一处村落不曾分到过遭奸污的女性，屠残的骨肉，供牺牲的生命财产？这无非是给冤氛团结的地面上多添一团更集中更鲜艳的怨毒。再说哪一个民族的解放史能不浓浓的染着Martyrs①的腔血？俄国革命的开幕就是二十年前冬宫的血景。只要我们有识力认定，有胆量实行，我们理想中的革命，这回羔羊的血就不会是白涂的。所以我个人的沉闷决不完全是这回惨案引起的感情作用。

爱和平是我的生性。在怨毒，猜忌，残杀的空气中，

---

① Martyrs，英文，殉难者、烈士（加 s 为复数）。

104

我的神经每每感受一种不可名状的压迫。记得前年奉直战争时我过的那日子简直是一团黑漆，每晚更深时，独自抱着脑壳伏在书桌上受罪，仿佛整个时代的沉闷盖在我的头顶——直到写下了《毒药》那几首不成形的咒诅诗以后，我心头的紧张才渐渐的缓和下去。这回又有同样的情形；只觉着烦，只觉着闷，感想来时只是破碎，笔头只是笨滞。结果身体也不舒畅，像是蜡油涂抹住了全身毛窍似的难过，一天过去了又是一天，我这里又在重演更深独坐箍紧脑壳的姿势，窗外皎洁的月光，分明是在嘲讽我内心的枯窘！

　　不，我还得往更深处挖。我不能叫这时局来替我思想骤然的呆顿负责，我得往我自己生活的底里找去。

　　平常有几种原因可以影响我们的心灵活动。实际生活的牵掣可以劫去我们心灵所需要的闲暇，积成一种压迫。在某种热烈的想望不曾得满足时，我们感觉精神上的烦闷与焦躁，失望更是颠覆内心平衡的一个大原因；较剧烈的种类可以麻痹我们的灵智，淹没我们的理性。但这些都合不上我的病源；因为我在实际生活里已经得到十分的幸运，我的潜在意识里，我敢说不该有什么压着的欲望在作怪。

　　但是在实际上反过来看，另有一种情形可以阻塞或是减少你心灵的活动。我们知道舒服，健康，幸福，是人生的目标，我们因此推想我们痛苦的起点是在望见那些目标而得不到的时候。我们常听人说"假如我像某人那样生活无忧我一定可以好好的做事，不比现在整天的精神全化在琐碎的烦恼上"。我们又听说"我不能做事就为身体太坏，若是精神来得，那就……"我们又常常设想幸福的境界，我们想："只要有一个意中人在跟前那我一定奋发，什么事做不到?"但是不，在事实上，舒服，健康，幸福，不但不一定是帮助或奖励心灵生活的条件，它们有时正得相反的效果。我们看不起有钱人，在社会上得意人，肌肉过分发展的运动家，也正在此；至于年少人幻想中的美满幸福，我敢说等得当真有了红袖添香，你的书也就读不出所以然来，且不说什么在学问上或艺术上更认真的工作。

那么生活的满足是我的病源吗?

"在先前的日子"，一个真知我的朋友，就说："正为是你生活不得平衡，正为你有欲望不得满足，你的压在内里的Libido①就形成一种升华的现象，结果你就借文学来发泄你生理上的郁结（你不常说你从事文学是一件不预期的事吗?）；这情形又容易在你的意识里形成一种虚幻的希望，因为你的写作得到一部分赞许，你就自以为确有相当创作的天赋以及独立思想的能力。但你只是自冤自，实在你并

———————————
① Libido，通译里比多，心理学名词。

没有什么超人一等的天赋，你的设想多半是虚荣，你的以前的成绩只是升华的结果。所以现在等得你生活换了样，感情上有了安顿，你就发见你向来写作的来源顿呈萎缩甚至枯竭的现象；而你又不愿意承认这情形的实在，妄想到你身子以外去找你思想枯窘的原因，所以你就不由的感到深刻的烦闷。你只是对你自己生气，不甘心承认你自己的本相。不，你原来并没有三头六臂的！

"你对文艺并没有真兴趣，对学问并没有真热心。你本来没有什么更高的志愿，除了相当合理的生活，你只配安分做一个平常人，享你命里铸定的'幸福'；在事业界，在文艺创作界，在学问界内，全没有你的位置，你真的没有那能耐。不信你只要自问在你心里的心里有没有那无形的'推力'，整天整夜的恼着你，逼着你，督着你，放开实际生活的全部，单望着不可捉摸的创作境界里去冒险？是的，顶明显的关键就是那无形的推力或是冲动（The Impulse），没有它人类就没有科学，没有文学，没有艺术，没有一切超越功利实用性质的创作。你知道在国外（国内当然也有，许没那样多）有多少人被这无形的推力驱使着，在实际生活上变成一种离魂病性质的变态动物，不但人间所有的虚荣永远沾不上他们的思想，就连维持生命的睡眠饮食，在他们都失了重要，他们全部的心力只是在他们那无形的推力所指示的特殊方向上集中应用。怪不得有人说天才是疯癫；我们在巴黎，伦敦不就到处碰得着这类怪人？如其他是一个美术家，恼着他的就只怎样可以完全表现他那理想中的形体；一个线条的准确，某种色彩的调谐，在他会得比他生身父母的生死与国家的存亡更重要，更迫切，更要求注意。我们知道专门学者有终身掘坟墓的，研究蚊虫生理的，观察亿万万里外一个星的动定的。并且他们决不问社会对于他们的劳力有否任何的认识，那就是虚荣的进路；他们是被一点无形的推力的魔鬼蛊惑了的。

"这是关于文艺创作的话。你自问有没有这种情形。你也许经验过什么'灵感'，那也许有，但你却不要把刹那误认作永久的，虚幻认作真实。至于说思想与真实学问的话，那也得背后有一种推力，方向许不同，性质还是不变。做学问你得有原动的好奇心，得有天然热情的态度去做求知识的工夫。真思想家的准备，除了特强的理智，还得有一种原动的信仰；信仰或寻求信仰，是一切思想的出发点：极端的怀疑派思想也只是期望重新位置信仰的一种努力。从古来没有一个思想家不是宗教性的。在他们，各按各的倾向，一切人生的和理智的问题是实在有的；神的有无，善与恶，本体问题，认识问题，意志自由问题，在他们看来都是含逼迫性的现象，要求合理的解答——比山岭的崇高，水的流动，爱的甜蜜更真，更实在，更耸动。他们的一点心灵，就永远在他们设想的一种或多种问题的周围飞舞，旋绕，正如灯蛾之于火焰：牺牲自身来贯彻火焰中心的秘密，是他们共有的决心。

"这种惨烈的情形，你怕也没有吧？我不说你的心幕上就没有思想的影子；但它们怕只是虚影，像水面上的云影，云过影子就跟着消散，不是石上的溜痕越日久越深刻。

"这样说下来，你倒可以安心了！因为个人最大的悲剧是设想一个虚无的境界来谎骗你自己；骗不到底的时候你就得忍受'幻灭'的莫大的苦痛。与其那样，还不如及早认清自己的深浅，不要把不必要的负担，放上支撑不住的肩背，压坏你自己，还难免旁人的笑话！朋友，不要迷了，定下心来享你现成的福分吧；思想不是你的分，文艺创作不是你的分，独立的事业更不是你的分！天生扛了重担来的那也没法想（哪一个天才不是活受罪！）你是原来轻松的，这是多可羡慕，多可贺喜的一个发见！算了吧，朋友！"

三月二十五至四月一日①

---

① 年份为1926年。

再　剖

　　你们知道喝醉了想吐吐不出或是吐不爽快的难受不是？这就是我现在的苦恼；肠胃里一阵阵的作恶，腥腻从食道里往上泛，但这喉关偏跟你别扭，它捏住你，逼住你，逗着你——不，它且不给你痛快哪！前天那篇《自剖》，就比是哇出来的几口苦水，过后只是更难受，更觉着往上冒。我告你我想要怎么样。我要孤寂：要一个静极了的地方——森林的中心，山洞里，牢狱的暗室里——再没有外界的影响来逼迫或引诱你的分心，再不须计较旁人的意见，喝彩或是嘲笑；当前唯一的对象是你自己：你的思想，你的感情，你的本性。那时它们再不会躲避，不曾隐遁，不曾装作；赤裸裸的听凭你察看，检验审问。你可以放胆解去你最后的一缕遮盖，袒露你最自怜的创伤，最掩讳的私亵。那才是你痛快一吐的机会。

但我现在的生活情形不容我有那样一个时机。白天太忙（在人前一个人的灵性永远是蜷缩在壳内的蜗牛），到夜间，比如此刻，静是静了，人可又倦了，惦着明天的事情又不得不早些休息。啊，我真羡慕我台上放着那块唐砖上的佛像，他在他的莲台上瞑目坐着，什么都摇不动他那入定的圆澄。我们只是在烦恼网里过日子的众生，怎敢企望那光明无碍的境界！有鞭子下来，我们躲；见好吃的，我们垂涎；听声响，我们着忙；逢着痛痒，我们着恼。我们是鼠，是狗，是刺猬，是天上星星与地上泥土间爬着的虫。哪里有工夫，即使你有心想亲近你自己？哪里有机会，即使你想痛快的一吐？

前几天也不知无形中经过几度挣扎，才呕出那几口苦水，这在我虽则难受还是照旧，但多少总算是发泄。事后我私下觉得愧悔，因为我不该拿我一己苦闷的骨鲠，强读者们陪着我吞咽。是苦水就不免薰蒸的恶味。我承认这完全是我自私的行为，不敢望恕的。我唯一的解嘲是这几口苦水的确是从我自己的肠胃里呕出——不是去脏水桶里舀来的。我不曾期望同情，我只要朋友们认识我的深浅——（我的浅？）我最怕朋友们的容宠容易形成一种虚拟的期望；

我这操刀自剖的一个目的，就在及早解卸我本不该扛上的担负。

是的，我还得往底里挖，往更深处剖。

最初我来编辑副刊，我有一个愿心。我想把我自己整个儿交给能容纳我的读者们，我心目中的读者们，说实话，就只这时代的青年。我觉着只有青年们的心窝里有容我的空隙，我要偎着他们的热血，听他们的脉搏。我要在我自己的情感里发见他们的情感，在我自己的思想里反映他们的思想。假如编辑的意义只是选稿，配版，付印，拉稿，那还不如去做银行的伙计——有出息得多。我接受编辑晨副的机会，就为这不单是机械性的一种任务。（感谢晨报主人的信任与容忍。）晨报变了我的喇叭，从这管口里我有自由吹弄我古怪的不调谐的音调，它是我的镜子，在这平面上描画出我古怪的不调谐的形状。我也决不掩讳我的原形：我就是我。记得我第一次与读者们相见，就是一篇供状。我的经过，我的深浅，我的偏见，我的希望，我都曾经再三的声明，怕是你们早听厌了。但初起我有一种期望是真的——期望我自己。也不知那时间为什么原因我竟有那活棱棱的一副勇气。我宣言我自己跳进了这现实的世界，存心想来对准人生的面目认他一个仔细。我信我自己的热心（不是知识）多少可以给我一些对敌力量的。我想拼这一天，把我的血肉与灵魂，放进这现实世界的磨盘里去挨，锯齿下去拉，——我就要尝那味儿！只有这样，我想才可以期望我主办的刊物多少是一个有生命气息的东西；才可以期望在作者与读者间发生一种活的关系；才可以期望读者们觉着这一长条报纸与黑的字印的背后，的确至少有一个活着的人与一个动着的心，他的把握是在你的腕上，他的呼吸吹在你的脸上，他的欢喜，他的惆怅，他的迷惑，他的伤悲，就比是你自己的，的确是从一个可认识的主体上发出来的变化——是站在台上人的姿态，——不是投射在白幕上的虚影。

并且我当初也并不是没有我的信念与理想。有我崇拜的德性，有我信仰的原则。有我爱护的事物，也有我痛疾的事物。往理性的方向走，往爱心与同情的方向走，往光明的方向走，往真的方向走，往健康快乐的方向走，往生命，更多更大更高的生命方向走——这是我那时的一点"赤子之心"。我恨的是这时代的病象，什么都是病象：猜忌，诡诈，小巧，倾轧，挑拨，残杀，互杀，自杀，忧愁，作伪，肮脏。我不是医生，不会治病；我就有一双手，趁它们活灵的时候，我想，或许可以替这时代打开几扇窗，多少让空气流通些，浊的毒性的出去，清醒的洁净的进来。

但紧接着我的狂妄的招摇，我最敬畏的一个前辈（看了我的吊刘叔和文）就给我当头一棒：

> ……既立意来办报而且郑重宣言"决意改变我对
> 人的态度"，那么自己的思想就得先磨冶一番，不能单
> 凭主觉，随便说了就算完事。迎上前去，不要又退了
> 回来！一时的兴奋，是无用的，说话越觉得响亮起劲，
> 跳踯有力，其实即是内心的虚弱，何况说出衰颓懊丧
> 的语气，教一般青年看了，更给他们以可怕的影响，
> 似乎不是志摩这番挺身出马的本意！……

迎上前去，不要又退了回来！这一喝这几个月来就没
有一天不在我"虚弱的内心"里回响。实际上自从我喊出
"迎上前去"以后，即使不曾撑开了往后退，至少我自己觉
不得我的脚步曾经向前挪动。今天我再不能容我自己这梦
梦的下去。算清亏欠，在还算得清的时候，总比窝着混着
强。我不能不自剖。冒着"说出衰颓懊丧的语气"的危险，
我不能不利用这反省的锋刃，劈去纠着我心身的累赘，淤
积，或许这来倒有自我真得解放的希望？

想来这做人真是奥妙。我信我们的生活至少是复性的。
看得见，觉得着的生活是我们的显明的生活，但同时另有
一种生活，跟着知识的开豁逐渐胚胎，成形，活动，最后

支配前一种的生活比是我们投在地上的身影，跟着光亮的增加渐渐由模糊化成清晰，形体是不可捉的，但它自有它的奥妙的存在，你动它跟着动，你不动它跟着不动。在实际生活的匆遽中，我们不易辨认另一种无形的生活的并存，正如我们在阴地里不见我们的影子；但到了某时候某境地忽的发见了它，不容否认的踵接着你的脚跟，比如你晚间步月时发见你自己的身影。它是你的性灵的或精神的生活。你觉到你有超实际生活的性灵生活的俄顷，是你一生的一个大关键！你许到极迟才觉悟（有人一辈子不得机会），但你实际生活中的经历，动作，思想，没有一丝一屑不同时在你那跟着长成的性灵生活中留着"对号的存根"，正如你的影子不放过你的一举一动，虽则你不注意到或看不见。

我这时候就比是一个人初次发见他有影子的情形。惊骇，讶异，迷惑，耸悚，猜疑，恍惚同时并起，在这辨认你自身另有一个存在的时候。我这辈子只是在生活的道上盲目的前冲，一时踹入一个泥潭，一时踏折一枝草花，只是这无目的的奔驰；从哪里来，向哪里去，现在在哪里，该怎么走，这些根本的问题却从不曾到我的心上。但这时候突然的，恍然的我惊觉了。仿佛是一向跟着我形体奔波的影子忽然阻住了我的前路，责问我这匆匆的究竟是为什么！

一种新意识的诞生。这来我再不能盲冲，我至少得认明来踪与去迹，该怎样走法如其有目的地，该怎样准备如其前程还在遥远？

啊，我何尝愿意吞这果子，早知有这多的麻烦！现在我第一要考查明白的是这"我"究竟是怎么一回事；然后再决定掉落在这生活道上的"我"的赶路方法。以前种种动作是没有这新意识作主宰的；此后，什么都得由它。

四月五日①

---

① 年份为1926年。

想　飞^①

假如这时候窗子外有雪——街上，城墙上，屋脊上，都是雪，胡同口一家屋檐下偎着一个戴黑兜帽的巡警，半拢着睡眼，看棉团似的雪花在半空中跳着玩……假如这夜是一个深极了的啊，不是壁上挂钟的时针指示给我们看的深夜，这深就比是一个山洞的深，一个往下钻螺旋形的山洞的深……

假如我能有这样一个深夜，它那无底的阴森捻起我遍体的毫管；再能有窗子外不住往下筛的雪，筛淡了远近间扬动的市谣；筛泯了在泥道上挣扎的车轮；筛灭了脑壳中

① 原刊 1926 年 4 月 19 日《晨报副刊》。

不妥协的潜流……

　　我要那深，我要那静。那在树荫浓密处躲着的夜鹰轻易不敢在天光还在照亮时出来睁眼。思想：它也得等。

　　青天里有一点子黑的。正冲着太阳耀眼，望不真，你把手遮着眼，对着那两株树缝里瞧，黑的，有榧子来大，不，有桃子来大——嘿，又移着往西了！

　　我们吃了中饭出来到海边去。（这是英国康槐尔极南的一角，三面是大西洋。）勋丽丽的叫响从我们的脚底下匀匀的往上颤，齐着腰，到了肩高，过了头顶，高入了云，高出了云。啊！你能不能把一种急震的乐音想象成一阵光明的细雨，从蓝天里冲着这平铺着青绿的地面不住的下？不，那雨点都是跳舞的小脚，安琪儿的。云雀们也吃过了饭，离开了它们卑微的地巢飞往高处做工去。上帝给它们的工作，替上帝做的工作。瞧着，这儿一只，那边又起了两！一起就冲着天顶飞，小翅膀活动的多快活，圆圆的，不踌躇的飞，——它们就认识青天。一起就开口唱，小嗓子活动的多快活，一颗颗小精圆珠子直往外唾，亮亮的唾，脆脆的唾，——它们赞美的是青天。瞧着，这飞得多高，有豆子大，有芝麻大，黑刺刺的一屑，直顶着无底的天顶细细的摇，——这全看不见了，影子都没了！但这光明的细雨还是不住的下着……

　　飞。"其翼若垂天之云……背负苍天[①]，而莫之夭阏者"，那不容易见着。我们镇上东关厢外有一座黄泥山，山顶上有一座七层的塔，塔尖顶着天。塔院里常常打钟，钟声响动时，那在太阳西晒的时候多，一枝艳艳的大红花贴在西山的鬓边回照着塔山上的云彩，——钟声响动时，绕着塔顶尖，摩着塔顶天，穿着塔顶云，有一只两只，有时三只四只有时五只六只蜷着爪往地面瞧的"饿老鹰"，撑开了它们灰苍苍的大翅膀没挂恋似的在盘旋，在半空中浮着，在晚风中泅着，仿佛是按着塔院钟的波荡来练习圆舞似的。那是我做孩子时的"大鹏"。有时好天抬头不见一瓣云的时候听着猇忧忧的叫响，我们就知道那是宝塔上的饿老鹰寻食吃来了，这一想象半天里秃顶圆睛的英雄，我们背上的小翅膀骨上就仿佛豁出了一锉锉铁刷似的羽毛，摇起来呼呼响的，只一摆就冲出了书房门，钻入了玳瑁镶边的白云里玩儿去，谁耐烦站在先生书桌前晃着身子背早上的多难背的书！啊飞！不是那在树枝上矮矮的跳着的麻雀儿的飞；不是那凑天黑从堂匾后背冲出来赶蚊子吃的蝙蝠的飞；也不是

---

① 疑为"背负青天"，见《庄子·逍遥游》。

那软尾巴软嗓子做窠在堂檐上的燕子的飞。要飞就得满天飞，风拦不住云挡不住的飞，一翅膀就跳过一座山头，影子下来遮得阴二十亩稻田的飞，到天晚飞倦了就来绕着那塔顶尖顺着风向打圆圈做梦……听说饿老鹰会抓小鸡！

飞。人们原来都是会飞的。天使们有翅膀，会飞，我们初来时也有翅膀，会飞。我们最初来就是飞了来的，有的做完了事还是飞了去，他们是可羡慕的。但大多数人是忘了飞的，有的翅膀上掉了毛不长再也飞不起来，有的翅膀叫胶水给胶住了，再也拉不开，有的羽毛叫人给修短了像鸽子似的只会在地上跳，有的拿背上一对翅膀上当铺去典钱使过了期再也赎不回……真的，我们一过了做孩子的日子就掉了飞的本领。但没了翅膀或是翅膀坏了不能用是一件可怕的事。因为你再也飞不回去，你蹲在地上呆望着飞不上去的天，看旁人有福气的一程一程的在青云里逍遥，那多可怜。而且翅膀又不比是你脚上的鞋，穿烂了可以再问妈要一双去，翅膀可不成，折了一根毛就是一根，没法给补的。还有，单顾着你翅膀也还不定规到时候能飞，你这身子要是不谨慎养太肥了，翅膀力量小再也拖不起，也是一样难不是？一对小翅膀驮不起一个胖肚子，那情形多可笑！到时候你听人家高声的招呼说，朋友，回去吧，趁这天还有紫色的光，你听他们的翅膀在半空中沙沙的摇响，朵朵的春云跳过来拥着他们的肩背，望着最光明的来处翩翩的，冉冉的，轻烟似的化出了你的视域，像云雀似的只留下一泻光明的骤雨——"Thou art unseen, but yet I hear the shrill delight"①——那你，独自在泥涂里淹着，够多难受，够多懊恼，够多寒碜！趁早留神你的翅膀，朋友？

是人没有不想飞的。老是在这地面上爬着够多厌烦，不说别的。飞出这圈子，飞出这圈子！到云端里去，到云端里去！哪个心里不成天千百遍的这么想？飞上天空去浮着，看地球这弹丸在太空里滚着，从陆地看到海，从海再看回陆地。凌空去看一个明白——这才是做人的趣味，做人的权威，做人的交代。这皮囊要是太重挪不动，就掷了它，可能的话，飞出这圈子，飞出这圈子！

人类初发明用石器的时候，已经想长翅膀。想飞。原人洞壁上画的四不像，它的背上掮着翅膀；拿着弓箭赶野兽的，他那肩背上也给安了翅膀。小爱神是有一对粉嫩的

---

① 大意是"你无影无踪，但我仍听见你的尖声欢叫"。

肉翅的。挨开拉斯①（Icarus）是人类飞行史里第一个英雄，第一次牺牲。安琪儿（那是理想化的人）第一个标记是帮助他们飞行的翅膀。那也有沿革——你看西洋画上的表现。最初像是一对小精致的令旗，蝴蝶似的粘在安琪儿们的背上，像真的，不灵动的。渐渐的翅膀长大了，地位安准了，毛羽丰满了。画图上的天使们长上了真的可能的翅膀。人类初次实现了翅膀的观念，彻悟了飞行的意义。挨开拉斯闪不死的灵魂，回来投生又投生。人类最大的使命，是制造翅膀；最大的成功是飞！理想的极度，想象的止境，从人到神！诗是翅膀上出世的；哲理是在空中盘旋的。飞：超脱一切，笼盖一切，扫荡一切，吞吐一切。

你上那边山峰顶上试去，要是度不到这边山峰上，你就得到这万丈的深渊里去找你的葬身地！"这人形的鸟会有一天试他第一次的飞行，给这世界惊骇，使所有的著作赞美，给他所从来的栖息处永久的光荣。"啊达文謇②！

———————————

① 挨开拉斯，通译伊卡洛斯，古希腊传说中能工巧匠代达罗斯的儿子。他们父子用蜂蜡粘贴羽毛做成双翼，腾空飞行。由于伊卡洛斯飞得太高，太阳把蜂蜡晒化，使他坠海而死。

② 达文謇，通译达·芬奇（1452—1519），意大利文艺复兴时期画家、雕塑家。

但是飞？自从挨开拉斯以来，人类的工作是制造翅膀，还是束缚翅膀？这翅膀，承上了文明的重量，还能飞吗？都是飞了来的，还都能飞了回去吗？钳住了，烙住了，压住了，——这人形的鸟会有试他第一次飞行的一天吗？……

同时天上那一点子黑的已经迫近在我的头顶，形成了一架鸟形的机器，忽的机沿一侧，一球光直往下注，硼的一声炸响，——炸碎了我在飞行中的幻想，青天里平添了几堆破碎的浮云。

海滩上种花①

　　朋友是一种奢华：且不说酒肉势利，那是说不上朋友，真朋友是相知，但相知谈何容易，你要打开人家的心，你先得打开你自己的，你要在你的心里容纳人家的心，你先得把你的心推放到人家的心里去；这真心或真性情的相互的流转，是朋友的秘密，是朋友的快乐。但这是说你内心的力量够得到，性灵的活动有富余，可以随时开放，随时往外流，像山里的泉水，流向容得住你的同情的沟槽；有时你得冒险，你得花本钱，你得抵拼在巉岈的乱石间，触

_____

① 本文是在燕京大学附属中学的一次讲演，原刊《落叶》，北新书局1926年6月初版。

刺的草缝里耐心的寻路，那时候艰难，苦痛，消耗，在在是可能的，在你这水一般灵动，水一般柔顺的寻求同情的心能找到平安欣快以前。

我所以说朋友是奢华，"相知"是宝贝，但得拿真性情的血本去换，去拼。因此我不敢轻易说话，因为我自己知道我的来源有限，十分的谨慎尚且不时有破产的恐惧；我不能随便"花"。前天有几位小朋友来邀我跟你们讲话，他们的恳切折服了我，使我不得不从命，但是小朋友们，说也惭愧，我拿什么来给你们呢？

我最先想来对你们说些孩子话，因为你们都还是孩子。但是那孩子的我到哪里去了？仿佛昨天我还是个孩子，今天不知怎的就变了样。什么是孩子要不为一点活泼的天真，但天真就比是泥土里的嫩芽，天冷泥土硬就压住了它的生机——这年头问谁去要和暖的春风？

孩子是没了。你记得的只是一个不清切的影子，麻糊得紧，我这时候想起就像是一个瞎子追念他自己的容貌，一样的记不周全；他即使想急了拿一双手到脸上去印下一个模子来，那模子也是个死的。真的没了。一天在公园里见一个小朋友不提多么活动，一忽儿上山，一忽儿爬树，一忽儿溜冰，一忽儿干草里打滚，要不然就跳着憨笑；我看着羡慕，也想学样，跟他一起玩，但是不能，我是一个大人，身上穿着长袍，心里存着体面，怕招人笑，天生的灵活换来矜持的存心——孩子，孩子是没有的了，有的只是一个年岁与教育蛀空了的躯壳，死僵僵的，不自然的。

我又想找回我们天性里的野人来对你们说话。因为野人也是接近自然的；我前几年过印度时得到极刻心的感想，那里的街道房屋以及土人的体肤容貌，生活的习惯，虽则简，虽则陋，虽则不夸张，却处处与大自然——上面碧蓝的天，火热的阳光，地下焦黄的泥土，高矗的椰树——相调谐，情调，色彩，结构，看来有一种意义的一致，就比是一件完美的艺术的作品。也不知怎的，那天看了他们的街，街上的牛车，赶车的老头露着他的赤光的头颅与此紫姜色的圆肚，他们的庙，庙里的圣像与神座前的花，我心里只是不自在，就仿佛这情景是一个熟悉的声音的叫唤，叫你去跟着他，你的灵魂也何尝不活跳跳的想答应一声"好，我来了"，但是不能，又有碍路的挡着你，不许你回复这叫唤声启示给你的自由。困着你的是你的教育；我那时的难受就比是一条蛇摆脱不了困住他的一个硬性的外壳——野人也给压住了，永远出不来。

所以今天站在你们上面的我不再是融会自然的野人，也不是天机活灵的孩子：我只是一个"文明人"，我能说的只是"文明话"。但什么是文明只是堕落？文明人的心里只是种种虚荣的念头，他到处忙不算，到处都得计较成败。我怎么能对着你们不感觉惭愧？不了解自然不仅是我的心，我的话也是的。并且我即使有话说也没法表现，即使有思想也不能使你们了解；内里那点子性灵就比是在一座石壁里牢牢的砌住，一丝光亮都不透，就凭这双眼望见你们，但有什么法子可以传达我的意思给你们，我已经忘却了原来的语言，还有什么话可说的？

但我的小朋友们还是逼着我来说谎（没有话说而勉强说话便是谎）。知识，我不能给；要知识你们得请教教育家去，我这里是没有的。智慧，更没有了：智慧是地狱里的花果，能进地狱更能出地狱的才采得着智慧，不去地狱的便没有智慧——我是没有的。

我正发窘的时候，来了一个救星——就是我手里这一小幅画，等我来讲道理给你们听。这张画是我的拜年片，一个朋友替我制的。你们看这个小孩子在海边沙滩上独自的玩，赤脚穿着草鞋，右手提着一枝花，使劲把它往沙里栽，左手提着一把浇花的水壶，壶里水点一滴滴的往下掉着。离着小孩不远看得见海里翻动着的波澜。

你们看出了这画的意思没有？

在海砂里种花。在海砂里种花！那小孩这一番种花的热心怕是白费的了。砂碛是养不活鲜花的，这几点淡水是不能帮忙的；也许等不到小孩转身，这一朵小花已经支不住阳光的逼迫，就得交卸他有限的生命，枯萎了去。况且那海水的浪头也快打过来了，海浪冲来时不说这朵小小的花，就是大根的树也怕站不住——所以这花落在海边上是绝望的了，小孩这番力量准是白化的了。

　　你们一定很能明白这个意思。我的朋友是很聪明的，他拿这画意来比我们一群呆子，乐意在白天里做梦的呆子，满心想在海砂里种花的傻子。画里的小孩拿着有限的几滴淡水想维持花的生命，我们一群梦人也想在现在比沙漠还要干枯比沙滩更没有生命的社会里，凭着最有限的力量，想下几颗文艺与思想的种子，这不是一样的绝望，一样的傻？想在海砂里种花，想在海砂里种花，多可笑呀！但我的聪明的朋友说，这幅小小画里的意思还不止此；讽刺不是她的目的。她要我们更深一层看。在我们看来海砂里种花是傻气，但在那小孩自己却不觉得。他的思想是单纯的，他的信仰也是单纯的。他知道的是什么？他知道花是可爱的，可爱的东西应得帮助他发长；他平常看见花草都是从地土里长出来的，他看来海砂也只是地，为什么海砂里不能长花他没有想到，也不必想到，他就知道拿花来栽，拿水去浇，只要那花在地上站直了他就欢喜，他就乐，他就会跳他的跳，唱他的唱，来赞美这美丽的生命，以后怎么样，海砂的性质，花的运命，他全管不着！我们知道小孩们怎样的崇拜自然，他的身体虽则小，他的灵魂却是大着，他的衣服也许脏，他的心可是洁净的。这里还有一幅画，这是自然的崇拜，你们看这孩子在月光下跪着拜一朵低头的百合花，这时候他的心与月光一般的清洁，与花一般的美丽，与夜一般的安静。我们可以知道到海边上来种花那孩子的思想与这月下拜花的孩子的思想会得跪下的——单纯，清洁，我们可以想象那一个孩子把花栽好了也是一样来对着花膜拜祈祷——他能把花暂时栽了起来便是他的成功，此外以后怎么样不是他的事情了。

你们看这个象征不仅美，并且有力量；因为它告诉我们单纯的信心是创作的泉源——这单纯的烂漫的天真是最永久最有力量的东西，阳光烧不焦他，狂风吹不倒他，海水冲不了他，黑暗掩不了他——地面上的花朵有被摧残有消灭的时候，但小孩爱花种花这一点："真"却有的是永久的生命。

我们来放远一点看。我们现有的文化只是人类在历史上努力与牺牲的成绩。为什么人们肯努力肯牺牲？因为他们有天生的信心；他们的灵魂认识什么是真什么是善什么是美，虽则他们的肉体与智识有时候会诱惑他们反着方向走路；但只要他们认明一件事情是有永久价值的时候，他们就自然的会得兴奋，不期然的自己牺牲，要在这忽忽变动的声色的世界里，赎出几个永久不变的原则的凭证来。耶稣为什么不怕上十字架？密尔顿何以瞎了眼还要做诗，贝德花芬①何以聋了还要制音乐，密仡郎其罗②为什么肯积受几个月的潮湿不顾自己的皮肉与靴子连成一片的用心思，为的只是要解决一个小小的美术问题？为什么永远有人到冰洋尽头雪山顶上去探险？为什么科学家肯在显微镜底下或是数目字中间研究一般人眼看不到心想不通的道理消磨他一生的光阴？

为的是这些人道的英雄都有他们不可摇动的信心；像我们在海砂里种花的孩子一样，他们的思想是单纯的——宗教家为善的原则牺牲，科学家为真的原则牺牲，艺术家为美的原则牺牲——这一切牺牲的结果便是我们现有的有限的文化。

你们想想在这地面上做事难道还不是一样的傻气——这地面还不与海砂一样不容你生根，在这里的事业还不是

---

① 贝德花芬，通译贝多芬（1770—1827），德意志作曲家、钢琴家。

② 密仡郎其罗，通译米开朗琪罗（1475—1564），意大利文艺复兴时期雕塑家、画家。

与鲜花一样的娇嫩？——潮水过来可以冲掉，狂风吹来可以折坏，阳光晒来可以薰焦我们小孩子手里拿着往沙里栽的鲜花，同样的，我们文化的全体还不一样有随时可以冲掉，折坏，薰焦的可能吗？巴比伦的文明现在哪里？嘭哳城曾经在地下埋过千百年，克利脱的文明直到最近五六十年间才完全发见。并且有时一件事实体的存在并不能证明他生命的继续。这区区地球的本体就有一千万个毁灭的可能。人们怕死不错，我们怕死人，但最可怕的不是死的死人，是活的死人，单有躯壳生命没有灵性生活是莫大的悲惨；文化也有这种情形，死的文化倒也罢了，最可怜的是勉强喘着气的半死的文化。你们如其问我要例子，我就不迟疑的回答你说，朋友们，贵国的文化便是一个喘着气的活死人！时候已经很久的了，自从我们最后的几个祖宗为了不变的原则牺牲他们的呼吸与血液，为了不死的生命牺牲他们有限的存在，为了单纯的信心遭受当时人的讪笑与侮辱。时候已经很久的了，自从我们最后听见普遍的声音像潮水似的充满着地面。时候已经很久的了，自从我们最后看见强烈的光明像彗星似的扫掠过地面。时候已经很久的了，自从我们最后为某种主义流过火热的鲜血。时候已经很久的了，自从我们的骨髓里有胆量，我们的说话里有分量。这是一个极伤心的反省！我真不知道这时代犯了什么不可赦的大罪，上帝竟狠心的赏给我们这样恶毒的刑罚？你看看去这年头到哪里去找一个完全的男子或是一个完全的女子——你们去看去，这年头哪一个男子不是阳痿，哪一个女子不是鼓胀！要形容我们现在受罪的时期，我们得发明一个比丑更丑比脏更脏比下流更下流比苟且更苟且比懦怯更懦怯的一类生字去！朋友们，真的我心里常常害怕，害怕下回东风带来的不是我们盼望中的春天，不是鲜花青草蝴蝶飞鸟，我怕他带来一个比冬天更枯槁更凄惨更寂寞的死天——因为丑陋的脸子不配穿漂亮的衣服，我们这样丑陋的变态的人心与社会凭什么权利可以问青天要阳光，问地面要青草，问飞鸟要音乐，问花朵要颜色？你问我明天天会不会放亮？我回答说我不知道，竟许不！

归根是我们失去了我们灵性努力的重心，那就是一个单纯的信仰，一点烂漫的童真！不要说到海滩去种花——我们都是聪明人谁愿意做傻瓜去——就是在你自己院子里种花你都懒怕动手哪！最可怕的怀疑的鬼与厌世的黑影已经占住了我们的灵魂！

所以朋友们，你们都是青年，都是春雷声响不曾停止时破绽出来的鲜花，你们再不可堕落了——虽则陷阱的大口满张在你的跟前，你不要怕，你把你的烂漫的天真倒下去，填平了它，再往前走——你们要保持那一点的信心，这里面连着来的就是精力与勇敢与灵感——你们再不怕做小傻瓜，尽量在这人道的海滩边种你的鲜花去——花也许会消灭，但这种花的精神是不烂的！

我忘不了你

我今天又走上了风雨中的甲板，
我不能不悼惜我侣伴的空位！

我的祖母之死

一

一个单纯的孩子，

过他快活的时光，

兴匆匆的，活泼泼的，

何尝识别生存与死亡？

　　这四行诗是英国诗人华茨华斯（William Wordsworth）一首有名的小诗叫做《我们是七人》（*We Are Seven*）的开端，也就是他的全诗的主意。这位爱自然，爱儿童的诗人，有一次碰着一个八岁的小女孩，发鬈蓬松的可爱，他问她

兄弟姊妹共有几人，她说我们是七个，两个在城里，两个
在外国，还有一个姊妹一个哥哥，在她家里附近教堂的墓
园里埋着。但她小孩的心理，却不分清生与死的界限，她
每晚携着她的干点心与小盘皿，到那墓园的草地里，独自
的吃，独自的唱，唱给她的在土堆里眠着的兄姊听，虽则
他们静悄悄的莫有回响，她烂漫的童心却不曾感到生死间
有不可思议的阻隔；所以任凭华翁多方的譬解，她只是睁
着一双灵动的小眼，回答说：

"可是，先生，我们还是七人。"

二

其实华翁自己的童真，也不让那小女孩的完全：他曾
经说"在孩童时期，我不能相信我自己有一天也会得悄悄
的躺在坟里，我的骸骨会得变成尘土"。又一次他对人说
"我做孩子时最想不通的，是死的这回事将来也会得轮到我
自己身上"。

孩子们天生是好奇的，他们要知道猫儿为什么要吃耗
子，小弟弟从哪里变出来的，或是究竟先有鸡还是先有鸡
蛋；但人生最重大的变端——死的现象与实在，他们也只
能含糊的看过，我们不能期望一个个小孩子都是搔头穷思

的丹麦王子。他们临到丧故，往往跟着大人啼哭；但他只要眼泪一干，就会到院子里踢毽子，赶蝴蝶，就使在屋子里长眠不醒了的是他们的亲爹或亲娘，大哥或小妹，我们也不能盼望悼死的悲哀可以完全翳蚀了他们稚羊小狗似的欢欣。你如其对孩子说，你妈死了，你知道不知道——他十次里有九次只是对着你发呆；但他等到要妈叫妈，妈偏不应的时候，他的嫩颊上就会有热泪流下。但小孩天然的一种表情，往往可以给人们最深的感动。我生平最忘不了的一次电影，就是描写一个小孩爱恋已死母亲的种种天真的情景。她在园里看种花，园丁告诉她这花在泥里，浇下水去，就会长大起来。那天晚上天下大雨，她睡在床上，被雨声惊醒了，忽然想起园丁的话，她的小脑筋里就发生了绝妙的主意。她偷偷的爬出了床，走下楼梯，到书房里去拿下桌上供着的她死母的照片，一把揣在怀里，也不顾倾倒着的大雨，一直走到园里，在地上用园丁的小锄掘松了泥土，把她怀里的亲妈，谨慎的取了出来，栽在泥里，把松泥掩护着；她做完了工就蹲在那里守候——一个三四岁的女孩，穿着白色的睡衣，在深夜的暴雨里，蹲在露天的地上，专心笃意的盼望已经死去的亲娘，像花草一般，从泥土里发长出来！

三

　　我初次遭逢亲属的大故，是二十年前我祖父的死，那时我还不满六岁。那是我生平第一次可怕的经验，但我追想当时的心理，我对于死的见解也不见得比华翁的那位小姑娘高明。我记得那天夜里，家里人吩咐祖父病重，他们今夜不睡了，但叫我和我的姊妹先上楼睡去，回头要我们时他们会来叫的。我们就上楼去睡了，底下就是祖父的卧房，我那时也不十分明白，只知道今夜一定有很怕的事，有火烧，强盗抢，做怕梦，一样的可怕。我也不十分睡着，只听得楼下的急步声，碗碟声，唤婢仆声，隐隐的哭泣声，不息的响音。过了半夜，他们上来把我从睡梦里抱了下去，我醒过来只听得一片的哭声，他们已经把长条香点起来，一屋子的烟，一屋子的人，围拢在床前，哭的哭，喊的喊，我也挨了过去，在人丛里偷看大床里的好祖父。忽然听说醒了醒了，哭喊声也歇了，我看见父亲爬在床里，把病父抱持在怀里，祖父倚在他的身上，双眼紧闭着，口里衔着一块黑色的药物，他说话了，很轻的声音，虽则我不曾听明他说的什么话，后来知道他经过了一阵昏晕，他又醒了过来对家人说："你们吃吓了，这算是小死。"他接着又说了好几句话，随讲音随低，呼气随微，去了，再不醒了，但我却不曾亲见最后的弥留，也许是我记不起，总之我那时早已跪在地板上，手里擎着香，跟着大众高声的哭喊了。

四

此后我在亲戚家收殓虽则看得不少，但死的实在的状况却不曾见过。我们念书人的幻想力是比较的丰富，但往往因为有了幻想力，就不管生命现象的实在，结果是书呆子，陆放翁说的"百无一用是书生"。人生的范围是无穷的：我们少年时精力充足什么都不怕尝试，只愁没有出奇的事情做，往往抱怨这宇宙太窄，青天太低，大鹏似的翅膀飞不痛快，但是……但是平心的说，且不论奇的，怪的，特别的，离奇的，我们姑且试问人生里最基本的事实，最单纯的，最普遍的，最平庸的，最近人情的经验，我们究竟能有多少的把握，我们能有多少深彻的了解，我们是否都亲身经历过？譬如说：生产，恋爱，痛苦，悲，死，妒，恨，快乐，真疲倦，真饥饿，渴，毒焰似的渴，真的幸福，冻的刑罚，忏悔，种种的情热。我可以说，我们平常人生观，人类，人道，人情，真理，哲理，本能等等名词不离口吻的念书人们，什么文学家，什么哲学家——关于真正人生基本的事实的实在，知道的——恐怕是极微至鲜，即使不等于圆圈。我有一个朋友，他和他夫人的感情极厚，一次他夫人临到难产，因为在外国，所以进医院什么都得他自己照料，最后医生宣言只有用手术一法，但性命不能担保，他没有法子，只好和他半死的夫人诀别（解剖时亲属不准在旁的）。满心毒魔似的难受，他出了医院，走在道上，走上桥去，像得了离魂病似的，心脉舂臼似的跳着，最后他听着了教堂和缓的钟声，他就不自主的跟着钟声，进了教堂，跟着在做礼拜的跪着，祷告，忏悔，祈求，唱诗，流泪（他并不是信教的人），他这样的挨过时刻，后来回转医院时，一步步都是惨酷的磨难，比上行刑场的犯人，加倍的难受，他怕见医生与看护妇，仿佛他的运命是在他们的手掌里握着。事后他对人说："我这才知道了人生一点子的意味！"

五

所以不曾经历过精神或心灵的大变的人们，只是在生命的户外徘徊，也许偶尔猜想到几分墙内的动静，但总是浮的浅的，不切实的，甚至完全是隔膜的。人生也许是个空虚的幻梦，但在这幻象中，生与死，恋爱与痛苦，毕竟是陡起的奇峰，应得激动我们彷徨者的注意，在此中也许有可以感悟到一些幻里的真，虚中的实，这浮动的水泡不曾破裂以前，也应得饱吸自由的日光，反射几丝颜色！

我是一只不羁的野驹，我往往纵容想象的猖狂，诡辩人生的现实；比如凭借凹折的玻璃，觉察当前景色。但时而复再，我也能从烦嚣的杂响中听出清新的乐调，在炫耀的杂彩里，看出有条理的意匠。这次祖母的大故，老家庭的生活，给我不少静定的时刻，不少深刻的反省。我不敢说我因此感悟了部分的真理，或是取得了若干的智慧；我只能说我因此与实际生活更深了一层的接触，益发激动我对于人生种种好奇的探讨，益发使我惊讶这迷谜的玄妙，不但死是神奇的现象，不但生命与呼吸是神奇的现象，就连日常的生活与习惯与迷信，也好像放射着异样的光闪，不容我们擅用一两个形容词来概状，更不容我们倡言什么主义来抹煞——一个革新者的热心，碰着了实在的寒冰！

六

我在我的日记里翻出一封不曾写完不曾付寄的信，是我祖母死后第二天的早上写的。我是在极强烈的极鲜明的时刻内，很想把那几日经过感想与疑问，痛快的写给一个同情的好友，使他在数千里外也能分尝我强烈的鲜明的感情。那位同情的好友我选中了通伯①。但那封信却只起了一个呆重的头，一为丧中忙，二为我那时眼热不耐用心，始终不曾写就，一直挨到现在再想补写，恐怕强烈已经变弱，鲜明已经透暗，逃亡的囚逪，不易追获的了。我现在把那封残信录在这里，再来追摹当时的情景。

通伯：

我的祖母死了！从昨夜十时半起，直到现在，满屋子只是号啕呼抢的悲音，与和尚，道士，女僧的礼忏鼓磬声。二十年前祖父丧时的情景，如今又在眼前了。忘不了的情景！你愿否听我讲些？

我一路回家，怕的是也许已经见不到老人，但老人却在生死的交关仿佛存心的弥留着，等待她最钟爱的孙儿——即不能与他开言诀别，也使他尚能把握她依然温暖的手掌，抚摩她依然跳动着的胸怀，凝视她依然能自开自阖虽则不再能表情的目睛。她的病是脑充血的一种，中医称为"卒中"（最难救的中风）。她十日前在暗房里踬仆倒地，从此不再开口出言，登仙

---

① 通伯，即陈源（西滢）。

似的结束了她八十四岁的长寿，六十年良妻与贤母的辛勤，她现在已经永远的脱辞了烦恼的人间，还归她清净自在的来处。我们承受她一生的厚爱与荫泽的儿孙，此时亲见，将来追念，她最后的神化，不能自禁中怀的摧痛，热泪暴雨似的盆涌，然痛心中却亦隐有无穷的赞美，热泪中依稀想见她功成德备的微笑，无形中似有不朽的灵光，永远的临照她绵衍的后裔……

七

旧历的乞巧那一天，我们一大群快活的游踪，驴子灰的黄的白的，轿子四个脚夫抬的，正在山海关外纡回的，曲折的绕登角山的栖贤寺，面对着残圮的长城，巨虫似的爬山越岭，隐入烟霭的迷茫。那晚回北戴河海滨住处，已经半夜，我们还打算天亮四点钟上莲峰山去看日出，我已经快上床，忽然想起了，出去问有信没有，听差递给我一封电报，家里来的四等电报。我就知道不妙，果然是"祖母病危速回"！我当晚就收拾行装，赶早上六时车到天津，晚上才上津浦快车。正嫌路远车慢，半路又为水发冲坏了轨道过不去，一停就停了十二点钟有余，在车里多过了一夜，直到第三天的中午方才过江上沪宁车。这趟车如其准点到上海，刚好可以接上沪杭的夜车，谁知道又误了点，误了不多不少的一分钟，一面我们的车进站，他们的车头呜的一声叫，别断别断的去了！我若然是空身子，还可以冒险跳车，偏偏我的一双手又被行李固定了，所以只得定着眼睛送它走。

所以直到八月二十二日的中午我方才到家。我给通伯的信说"怕是已经见不着老人"，在路上那几天真是难受，缩不短的距离没有法子，但是那急人的水发，急人的火车，几面凑拢来，叫我整整的迟一昼夜到家！试想病危了的八十四岁的老人，这二十四点钟不是容易过的，说不定她刚巧在这个期间内有什么动静，那才叫人抱憾哩！但是结果还算没有多大的差池——她老人家还在生死的交关等着！

八

奶奶——奶奶——奶奶！奶——奶！你的孙儿回来了，奶奶！没有回音。老太太阖着眼，仰面躺在床里，右手拿着一把半旧的雕翎扇很自在的扇动着。老太太原来就怕热，每年暑天总是扇子不离手的，那几天又是特别的热。这还不是好好的老太太，呼吸顶匀净的，定是睡着了，谁说危险！奶奶，奶奶！她把扇子放下了，伸手去摸着头顶上挂着的冰袋，一把抓得紧紧的，呼了一口长气，像是暑天赶道儿的喝了一碗凉汤似的，这不是她明明的有感觉不是？我把她的手拿在我的手里，她似乎感觉我手心的热，可是她也让我握着，她开眼了！右眼张得比左眼开些，瞳子却是发呆，我拿手指在她的眼前一挑，她也没有瞬，那准是她瞧不见了——奶奶，奶奶，——她也真没有听见，难道她真是病了，真是危险，这样爱我疼我宠我的好祖母，难道真会得……我心里一阵的难受，鼻子里一阵的酸，滚热的眼泪就迸了出来。这时候床前已经挤满了人，我的这位，我的那位，我一眼看过去，只见一片惨白忧愁的面色，一双双装满了泪珠的眼眶。我的妈更看的憔悴。她们已经伺候了六天六夜，妈对我讲祖母这回不幸的情形，怎样的她夜饭前还在大厅上吩咐事情，怎样的饭后进房去自己擦脸，不知怎样的闪了下去，外面人听着响声才进去，已经是不能开口了，怎样的请医生，一直到现在还没有转机……

一个人到了天伦骨肉的中间，整套的思想情绪，就变换了式样与颜色。你的不自然的口音与语法没有用了；你的耀眼的袍服可以不必穿了；你的洁白的天使的翅膀，预备飞翔出人间到天堂的，不便在你的慈母跟前自由的开豁；你的理想的楼台亭阁，也不轻易的放进这二百年的老屋；你的佩剑，要塞，以及种种的防御，在争竞的外界即使是必要的，到此只是可笑的累赘。在这里，不比在其余的地方，他们所要求于你的，只是随熟的声音与笑貌，只是好的，纯粹的本性，只是一个没有斑点子的赤裸裸的好心。在这些纯爱的骨肉的经纬中心，不由得你不从你的天性里抽出最柔糯亦最有力的几缕丝线来加密或是缝补这幅天伦的结构。

所以我那时坐在祖母的床边，含着两朵热泪，听母亲叙述她的病况，我脑中发生了异常的感想，我像是至少逃回了二十年的光阴，正如我膝前子侄辈一般的高矮，回复了一片纯朴的童真，早上走来祖母的床前，揭开帐子叫一声软和的奶奶，她也回叫了我一声，伸手到里床去摸给我一个蜜枣或是三片状元糕，我又叫了一声奶奶，出去玩了，那是如何可爱的辰光，如何可爱的天真，但如今没有了，再也不回来了。现在床里躺着的，还不是我的亲爱的祖母，十个月前我伴着到普陀登山拜佛清健的祖母，但现在何以不再答应我的呼唤，何以不再能表情，不再能说话，她的灵性哪里去了，她的灵性哪里去了？

九

一天，一天，又是一天——在垂危的病榻前过的时刻，

148

不比平常飞驶无碍的光阴，时钟上同样的一声的嗒，直接的打在你的焦急的心里，给你一种模糊的隐痛——祖母还是照样的眠着，右手的脉自从起病以来已是极微仅有的，但不能动弹的却反是有脉的左侧，右手还是不时在挥扇，但她的呼吸还是一例的平匀，面容虽不免瘦削，光泽依然不减，并没有显著的衰象，所以我们在旁边看她的，差不多每分钟都盼望她从这长期的睡眠中醒来，打一个呵欠，就开眼见人，开口说话——果然她醒了过来，我们也不会觉得离奇，像是原来应当似的。但这究竟是我们亲人绝望中的盼望，实际上所有的医生，中医，西医，针医，都已一致的回绝，说这是"不治之症"。中医说这脉象是凭证，西医说脑壳里血管破裂，虽则植物性机能——呼吸，消化——不曾停止，但言语中枢已经断绝——此外更专门更玄学更科学的理论我也记不得了。所以暂时不变的原因，就在老太太本来的体元太好了，拳术家说的"一时不能散工"，并不是病有转机的兆头。

我们自己人也何尝不明白这是个绝症；但我们却总不忍自认是绝望：这"不忍"便是人情。我有时在病榻前，在凄恻的静默中，发生了重大的疑问。科学家说人的意识与灵感，只是神经系最高的作用，这复杂，微妙的机械，只要部分有了损伤或是停顿，全体的动作便发生相当的影响；如其最重要的部分受了扰乱，他不是变成反常的疯癫，便是完全的失去意识。照这一说，体即是用，离了体即没有用；灵魂是宗教家的大谎，人的身体一死什么都完了。这是最干脆不过的说法，我们活着时有这样有那样已经嫌够麻烦，尽够受，谁还有兴致，谁还愿意到坟墓的那一边再去发生关系，地狱也许是黑暗的，天堂是光明的，但光明与黑暗的区别无非是人类专擅的假定，我们只要摆脱这皮囊，还归我清静，我就不愿意头戴一个黄色的空圈子，合着手掌跪在云端里受罪！

再回到事实上来，我的祖母——一位神智最清明的老太太——究竟在哪里？我既然不能断定因为神经部分的震裂她的灵感性便永远的消减，但同时她又分明的失却了表情的能力，我只能设想她人格的自觉性，也许比平时消淡了不少，却依旧是在着，像在梦魇里将醒未醒时似的，明知她的儿女孙曾不住的叫唤她醒来，明知她即使要永别也总还有多少的嘱咐，但是可怜她的睛球再不能反映外界的印象，她的声带与口舌再不能表达她内心的情意，隔着这脆弱的肉体的关系，她的性灵再不能与她最亲的骨肉自由的交通——也许她也在整天整夜的伴着我们焦急，伴着我们伤心，伴着我们出泪，这才是可怜，这才真叫人悲感哩！

十

到了八月二十七那天，离她起病的第十一天，医生吩咐脉象大大的变了，叫我们当心，这十一天内每天她只咽入很困难的几滴稀薄的米汤，现在她的面上的光泽也不如早几天了，她的目眶更陷落了，她的口部的筋肉也更宽弛了，她右手的动作也减少了，即使拿起了扇子也不再能很自然的扇动了——她的大限的确已经到了。但是到晚饭后，反是没有什么显象。同时一家人着了忙，准备寿衣的，准备冥银的，准备香灯等等的。我从里走出外，又从外走进里，只见匆忙的脚步与严肃的面容。这时病人的大动脉已经微细的不可辨，虽则呼吸还不至怎样的急促。这时一门的骨肉已经齐集在病房里，等候那不可避免的时刻。到了十时光景，我和我的父亲正坐在房的那一头一张床上，忽然听得一个哭叫的声音说——"大家快来看呀，老太太的眼睛张大了！"这尖锐的喊声，仿佛是一大桶的冰水浇在我的身上，我所有的毛管一齐竖了起来，我们踉跄的奔到了床前，挤进了人丛。果然，老太太的眼睛张大了，张得很大了！这是我一生从不曾见过，也是我一辈子忘不了的眼见的神奇（恕罪我的描写）！不但是两眼，面容也是绝对的神变了（transfigured），她原来皱缩的面上，发出一种鲜润的彩泽，仿佛半淤的血脉，又一度充满了生命的精液，她的口，她的两颊，也都回复了异样的丰润；同时她的呼吸渐渐的上升，急进的短促，现在已经几乎脱离了气管，只在鼻孔里脆响的呼出了。但是最神奇不过的是一双眼睛！她的瞳孔早已失去了收敛性，呆顿的放大了。但是最后那几秒钟！不但眼眶是充分的张开了，不但黑白分明，瞳孔锐利的紧敛了，并且放射着一种不可形容，不可信的辉光，我只能称它为"生命最集中的灵光"！这时候床前只是一片的哭声，子媳唤着娘，孙子唤着祖母，婢仆争喊着老太太，几个稚龄的曾孙，也跟着狂叫太太……但老太太最后的开眼，仿佛是与她亲爱的骨肉，作无言的诀别，我们都在号泣的送终，她也安慰了，她放心的去了。在几秒时内，死的黑影已经移上了老人的面部，遏灭了生命的异彩，她最后的呼气，正似水泡破裂，电光杳灭，菩提的一响，生命呼出了窍，什么都止息了。

十一

我满心充塞了死象的神奇，同时又须顾管我有病的母亲，她那时出性的号啕，在地板上滚着，我自己反而哭不出来；我自己也觉得奇怪，眼看着一家长幼的涕泪滂沱，耳听着狂沸似的呼抢号叫，我不但不发生同情的反应，却反而达到了一个超感情的，静定的，幽妙的意境，我想象的看见祖母脱离了躯壳与人间，穿着雪白的长袍，冉冉的上升天去，我只想默默的跪在尘埃，赞美她一生的功德，赞美她一生的圆寂。这是我的设想！我们内地人却没有这样纯粹的宗教思想；他们的假定是不论死的是高年厚德的老人或是无知无愆的幼孩，或是罪大恶极的凶人，临到弥留的时刻总是一例的有无常鬼，摸壁鬼，牛头马面，赤发獠牙的阴差等等到门，拿着镣链枷锁，来捉拿阴魂到案。所以烧纸帛是平他们的暴戾，最后的呼抢是没奈何的诀别。这也许是大部分临死时实在的情景，但我们却不能概定所有的灵魂都不免遭受这样的凌辱。譬如我们的祖老太太的死，我只能想象她是登天，只能想象她慈祥的神化——像那样鼎沸的号啕，固然是至性不能自禁，但我总以为不如匐伏隐泣或默祷，较为近情，较为合理。

　　理智发达了，感情便失了自然的浓挚；厌世主义的看来，眼泪与笑声一样是空虚的，无意义的。但厌世主义姑且不论，我却不相信理智的发达，会得妨碍天然的情感；如其教育真有效力，我以为效力就在剥削了不合理性的"感情作用"，但决不会有损真纯的感情；他眼泪也许比一般人流得少些，但他等到流泪的时候，他的泪才是应流的泪。我也是智识愈开流泪愈少的一个人，但这一次却也真的哭了好几次。一次是伴我的姑母哭的，她为产后不曾复元，所以祖母的病一直瞒着她，一直到了祖母故后的早上方才通知她。她扶病来了，她还不曾下轿，我已经听出她在啜泣，我一时感觉一阵的悲伤，等到她出轿放声时，我也在房中歔欷不住。又一次是伴祖母当年的赠嫁婢哭的。她比祖母小十一岁，今年七十三岁，亦已是个白发的婆子，她也来哭她的"小姐"，她是见着我祖母的花烛的唯一个人，她的一哭我也哭了。

再有是伴我的父亲哭的。我总是觉得一个身体伟大的人，他动情感的时候，动人的力量也比平常人伟大些。我见了我父亲哭泣，我就忍不住要伴着淌泪。但是感动我最强烈的几次，是他一人倒在床里，反复的啜泣着，叫着妈，像一个小孩似的，我就感到最热烈的伤感，在他伟大的心胸里浪涛似的起伏，我就感到母子的感情的确是一切感情的起源与总结，等到一失慈爱的荫庇，仿佛一生的事业顿时莫有了根柢，所有的快乐都不能填平这唯一的缺陷；所以他这一哭，我也真哭了。

但是我的祖母果真是死了吗？她的躯体是的。但她是不死的。诗人勃兰恩德① （Bryant） 说：

So live, that when thy summons comes to join the innumerable caravan which moves to that mysterious realm where each one takes his chamber in the silent halls of death, then go not, like the quarry slave at night scourged to his dungeon, but sustained and soothed.

By an unfaltering truth, approach thy grave like one that wraps the drapery of his couch, about him, and lies down to pleasant dreams.②

　　如果我们的生前是尽责任的，是无愧的，我们就会安坦的走近我们的坟墓，我们的灵魂里不会有惭愧或悔恨的啮痕。人生自生至死，如勃兰恩德的比喻，真是大队的旅

---

① 勃兰恩德，通译布莱恩特（1794—1878），美国诗人。

② 这段英文大意是："这样的生命力，一旦得到召唤，便加入绵延不断的大篷车队，驶向那神秘王国。在笼罩着死亡的寂静的宅第里，每个人羁守他自己的房间，再也无法脱身，如同采石矿的奴隶夜间在地牢中被无情地鞭笞，却只有平静和忍耐。

　　"一个永恒不变的真理，走近坟墓就像一个人掩上他床边的帷幕，然后躺下进入愉快的梦乡。"

客在不尽的沙漠中进行，只要良心有个安顿，到夜里你卧倒在帐幕里也就不怕噩梦来缠绕。

我的祖母，在那旧式的环境里，到我们家来五十九年，真像是做了长期的苦工，她何尝有一日的安闲，不必说子女的嫁娶，就是一家的柴米油盐，扫地抹桌，哪一件事不在八十岁老人早晚的心上！我的伯父快近六十岁了，但他的起居饮食，还差不多完全是祖母经管的，初出世的曾孙如其有些身热咳嗽，老太太晚上就睡不安稳；她爱我宠我的深情，更不是文字所能描写；她那深厚的慈荫，真是无所不包，无所不蔽。但她的身心即使劳碌了一生，她的报酬却在灵魂无上的平安；她的安慰就在她的儿女孙曾，只要我们能够步她的前例，各尽天定的责任，她在冥冥中也就永远的微笑了。

十一月二十四日①

---

① 年份为1923年。

156

悼沈叔薇

[沈叔薇是我的一个表兄，从小同学，高小中学（杭州一中）都是同班毕业的，他是今年九月死的]

叔薇，你竟然死了，我常常的想着你，你是我一生最密切的一个人，你的死是我的一个不可补偿的损失。我每次想到生与死的究竟时，我不定觉得生是可欲，死是可悲，我自己的经验与默察只使我相信生的底质是苦不是乐，是悲哀不是幸福，是泪不是笑，是拘束不是自由；因此从生入死，在我有时看来，只是解化了实体的存在，脱离了现象的世界，你原来能辨别苦乐，忍受磨折的性灵，在这最后的呼吸离窍的俄顷，又投入了一种异样的冒险。我们不能轻易的断定那一边没有阳光与人情的温慰，亦不能设想苦痛的灭绝。但生死间终究有一个不可掩讳的分别，不论你怎样的看法。出世是一件大事，死亡亦是一件大事。一个婴儿出母胎时他便与这生的世界开始了关系，这关系却不能随着他去后的躯壳埋掩，这一生与一死，不论相间的距离怎样的短，不论他生时的世界怎样的仄——这一生死便是一个不可销毁的事实：比如海水每多一次潮涨海滩便多受一次泛滥，我们全体的生命的滩沙里，我想，也存记着最微小的波动与影响……

　　而况我们人又是有感情的动物。在你活着的时候，我可以携着你的手，谈我们的谈，笑我们的笑，一同在野外仰望天上的繁星，或是共感秋风与落叶的悲凉……叔薇，你这几年虽则与我不易相见，虽则彼此处世的态度更不如童年时的一致，但我知道，我相信在你的心里还留着一部分给我的情愿，因为你也在我的胸中永占着相当的关切。我忘不了你，你也忘不了我。每次我回家乡时，我往往在不曾解卸行装前已经亟亟的寻求，欣欣的重温你的伴侣。但如今在你我间的距离，不再是可以度量的里程，却是一切距离中最辽远的一种距离——生与死的距离。我下次重归乡土，再没有机会与你携手谈笑，再不能与你相与恣纵早年的狂态，我再到你们家去，至多只能抚摩你的寂寞的灵帏，仰望你的惨淡的遗容，或是手拿一把鲜花到你的坟前凭吊！

叔薇，我今晚在北京的寓里，在一个冷静的秋夜，倾听着风催落叶的秋声，咀嚼着为你兴起的哀思，这几行文字，虽则是随意写下，不成章节，但在这抒写自来情感的俄顷，我仿佛又一度接近了你生前温驯的，谐趣的人格，仿佛又见着了你瘦脸上的枯涩的微笑——比在生前更谐合的更密切的接近。

我没有多少的话对你说，叔薇，你得宽恕我；当你在世时我们亦很少相互馨吐的机会。你去世的那一天我来看你，那时你的头上，你的眉目间，已经刻画着死的晦色，我叫了你一声叔薇，你也从枕上侧面来回叫我一声志摩，那便是我们在永别前最后的缘分！我永远忘不了那时病榻前的情景！

我前面说生命不定是可喜，死亦不定可畏：叔薇，你的一生尤其不曾尝味过生命里可能的乐趣，虽则你是天生的达观，从不曾慕羡虚荣的人间；你如其继续的活着，支撑着你的多病的筋骨，委蛇你无多沾恋的家庭，我敢说这样的生转不如撒手去了的干净！况且你生前至爱的骨肉，亦久已不在人间，你的生身的爹娘，你的过继的爹娘（你的姑母），你的姊姊——可怜娟姊，我始终不曾一度凭吊——还有你的爱妻，他们都在坟墓的那一边满开着他们天伦的怀抱，守候着他们最爱的"老五"，共享永久的安闲……

十一月一日早三时①你的表弟志摩

---

① 年份为1924年。

我的彼得①

　　新近有一天晚上，我在一个地方听音乐，一个不相识的小孩，约莫八九岁光景，过来坐在我的身边，他说的话我不懂，我也不易使他懂我的话，那可并不妨事，因为在几分钟内我们已经是很好的朋友，他拉着我的手，我拉着他的手，一同听台上的音乐。他年纪虽则小，他音乐的兴趣已经很深：他比着手势告我他也有一张提琴，他会拉，并且说哪几个是他已经学会的调子。他那资质的敏慧，性

---

① 原刊1925年8月15日《现代评论》第2卷第36期。彼得，徐志摩与前妻张幼仪生的第二个孩子，生于德国，故又名德生，1925年三岁时死于柏林。

情的柔和，体态的秀美，不能使人不爱；而况我本来是喜欢小孩们的。

但那晚虽则结识了一个可爱的小友，我心里却并不快爽；因为不仅见着他使我想起你，我的小彼得，并且在他活泼的神情里我想见了你，彼得，假如你长大的话，与他同年龄的影子。你在时，与他一样，也是爱音乐的；虽则你回去的时候刚满三岁，你爱好音乐的故事，从你襁褓时起，我屡次听你妈与你的"大大"讲，不但是十分的有趣可爱，竟可说是你有天赋的凭证，在你最初开口学话的日子，你妈已经写信给我，说你听着了音乐便异常的快活，说你在坐车里常常伸出你的小手在车栏上跟着音乐按拍；你稍大些会得淘气的时候，你妈说，只要把话匣开上，你便在旁边乖乖的坐着静听，再也不出声不闹：——并且你有的是可惊的口味，是贝德花芬是槐格纳①你就爱，要是中国的戏片，你便盖没了你的小耳，决意不让无意味的锣鼓，打搅你的清听！你的大大（她多疼你！）讲给我听你得小提琴的故事：怎样那晚上买琴来的时候，你已经在你的小床上睡好，怎样她们为怕你起来闹赶快灭了灯亮把琴放在你的床边，怎样你这小机灵早已看见，却偏不作声，等你妈

---

① 槐格纳，通译瓦格纳（1813—1883），德国作曲家。

与大大都上了床，你才偷偷的爬起来，摸着了你的宝贝，再也忍不住的你技痒，站在漆黑的床边，就开始你"截桑柴"的本领，后来怎样她们干涉了你，你便乖乖的把琴抱进你的床去，一起安眠。她们又讲你怎样欢喜拿着一根短棍站在桌上模仿音乐会的导师，你那认真的神情常常叫在座人大笑。此外还有不少趣话，大大记得最清楚，她都讲给我听过；但这几件故事已够见证你小小的灵性里早长着音乐的慧根。实际我与你妈早经同意想叫你长大时留在德国学习音乐；——谁知道在你的早殇里我们失去了一个可能的毛赞德① （Mozart）：在中国音乐最饥荒的日子，难得见这一点希冀的青芽，又教命运无情的脚根踏倒，想起怎不可伤？

彼得，可爱的小彼得，我"算是"你的父亲，但想起我做父亲的往迹，我心头便涌起了不少的感想；我的话你是永远听不着了，但我想借这悼念你的机会，稍稍疏泄我的积愫，在这不自然的世界上，与我境遇相似或更不如的当不在少数，因此我想说的话或许还有人听，竟许有人同情。就是你妈，彼得，她也何尝有一天接近过快乐与幸福，但她在她同样不幸的境遇中证明她的智断，她的忍耐，尤

----

① 毛赞德，通译莫扎特（1756—1791），奥地利作曲家，自幼随父学琴，有音乐"神童"之称。

其是她的勇敢与胆量；所以至少她，我敢相信，可以懂得我话里意味的深浅，也只有她，我敢说，最有资格指证或相诠释——在她有机会时——我的情感的真际。

但我的情愫！是怨，是恨，是忏悔，是怅惘？对着这不完全，不如意的人生，谁没有怨，谁没有恨，谁没有怅惘？除了天生颟顸的，谁不曾在他生命的经途中——葛德说的——和着悲哀吞他的饭，谁不曾拥着半夜的孤衾饮泣？我们应得感谢上苍的是他不可度量的心裁，不但在生物的境界中他创造了不可计数的种类，就这悲哀的人生也是因人差异，各各不同，——同是一个碎心，却没有同样的碎痕，同是一滴眼泪，却难寻同样的泪晶。

彼得我爱，我说过我是你的父亲。但我最后见你的时候你才不满四月，这次我再来欧洲你已经早一个星期回去，我见着的只你的遗像，那太可爱，与你一撮的遗灰，那太可惨。你生前日常把弄的玩具——小车，小马，小鹅，小琴，小书——，你妈曾经件件的指给我看，你在时穿着的衣，褂，鞋，帽，你妈与你大大也曾含着眼泪从箱里理出来给我抚摩，同时她们讲你生前的故事，直到你的影像活现在我的眼前，你的脚踪仿佛在楼板上蹑响。你是不认识你父亲的，彼得，虽则我听说他的名字常在你的口边，他的肖像也常受你小口的亲吻，多谢你妈与你大大的慈爱与真挚，她们不仅永远把你放在她们心坎的底里，她们也使我——没福见着你的父亲，知道你，认识你，爱你，也把你的影像，活泼，美慧，可爱，永远镂上了我的心版。那天在柏林的会馆里，我手捧着那收存你遗灰的锡瓶，你妈与你七舅站在旁边止不住滴泪，你的大大哽咽着，把一个小花圈挂上你的门前——那时间我，你的父亲，觉着心里有一个尖锐的刺痛，这才初次明白曾经有一点血肉从我自己的生命里分出，这才觉着父性的爱像泉眼似的在性灵里汩汩的流出；只可惜是迟了，这慈爱的甘液不能救活已经萎折了的鲜花，只能在他纪念日的周遭永远无声的流转。

彼得，我说我要借这机会稍稍爬梳我年来的郁积；但那也不见得容易；要说的话仿佛就在口边，但你要它们的时候，它们又不在口边：像是长在大块岩石底下的嫩草，你得有力量翻起那岩石才能把它不伤损的连根起出——谁知道那根长的多深！是恨，是怨，是忏悔，是怅惘？许是恨，许是怨，许是忏悔，许是怅惘。荆棘刺入了行路人的胫踝，他才知道这路的难走；但为什么有荆棘？是它们自己长着，还是有人存心种着的？也许是你自己种下的？至少你不能完全抱怨荆棘：一则因为这道是你自愿才来走的；再则因为那刺伤是你自己的脚踏上了荆棘的结果，不是荆棘自动来刺你。——但又谁知道？因此我有时想，彼得像你倒真是聪明：你来时是一团活泼，光亮的天真，你去时也还是一个光亮，活泼的灵魂；你来人间真像是短期的作客，你知道的是慈母的爱，阳光的和暖与花草的美丽，你离开了妈的怀抱，你回到了天父的怀抱，我想他听你欣欣的回报这番作客——只尝甜浆，不吞苦水——的经验，他上年纪的脸上一定满布着笑容——你的小脚踝上不曾碰着过无情的荆棘，你穿来的白衣不曾沾着一斑的泥污。

但我们，比你住久的，彼得，却不是来作客；我们是遭放逐，无形的解差永远在后背催逼着我们赶道：为什么受罪，前途是哪里，我们始终不曾明白，我们明白的只是底下流血的胫踝，只是这无恩的长路，这时候想回头已经太迟，想中止也不可能，我们真的羡慕，彼得，像你那谪期的简净。

在这道上遭受的，彼得，还不止是难，不止是苦，最难堪的是逐步相追的嘲讽，身影似的不可解脱。我既是你的父亲，彼得，比方说，为什么我不能在你的生前，日子虽短，给你应得的慈爱，为什么要到这时候，你已经去了不再回来，我才觉着骨肉的关联？并且假如我这番不到欧洲，假如我在万里外接到你的死耗，我怕我只能看作水面上的云影，来时自来，去时自去：正如你生前我不知欣喜，你在时我不知爱惜，你去时也不能过分动我的情感。我自分不是无情，不是寡恩，为什么我对自身的血肉，反是这般不近情的冷漠？彼得，我问为什么，这问的后身便是无限的隐痛；我不能怨，我不能恨，更无从悔，我只是怅惘，我只能问！明知是自苦的揶揄，但我只能忍受。而况揶揄还不止此，我自身的父母，何尝不赤心的爱我；但他们的爱却正是造成我痛苦的原因；我自己也何尝不笃爱我的亲亲，但我不仅不能尽我的责任，不仅不曾给他们想望的快乐，我，他们的独子，也不免加添他们的烦愁，造作他们的痛苦，这又是为什么？在这里，我也是一般的不能恨，不能怨，更无从悔，我只是怅惘——我只能问。昨天我是个孩子，今天已是壮年；昨天腮边还带着圆润的笑涡，今天头上已见星星的白发；光阴带走的往迹，再也不容追赎，留下在我们心头的只是些揶揄的鬼影；我们在这道上偶尔停步回想的时候，只能投一个虚圈的"假使当初"，解嘲已往的一切。但已往的教训，即使有，也不能给我们利益，因为前途还是不减启程时的渺茫，我们还是不能选择自由的途径——到那天我们被无形的解差喝住的时候，我们唯一的权利，我猜想，也只是再丢一个虚圈更大的"假使"，圆满这全程的寂寞，那就是止境了。

吊刘叔和①

　　一向我的书桌上是不放相片的。这一月来有了两张，正对我的座位，每晚更深时就只他们俩看着我写，伴着我想；院子里偶尔听着一声清脆，有时是虫，有时是风卷败叶，有时，我想象，是我们亲爱的故世人从坟墓的那一边吹过来的消息。伴着我的一个是小，一个是"老"：小的就是我那三月间死在柏林的彼得，老的是我们钟爱的刘叔和，"老老"。彼得坐在他的小皮椅上，抿紧着他的小口，圆睁着一双秀眼，仿佛性急要妈拿糖给他吃，多活灵的神情！

---

① 刘叔和，徐志摩在美国留学时的同学，又一同去英国。他攻读经济学，1923年回国，在北京大学任教，后辞职担任《现代评论》经理。

但在他右肩的空白上分明题着这几行小字："我的小彼得，你在时我没福见你，但你这可爱的遗影应该可以伴我终身了。"老老是新长上几根看得见的上唇须，在他那件常穿的缎褂里欠身坐着，严正在他的眼内，和蔼在他的口颔间。

让我来看。有一天我邀他吃饭，他来电说病了不能来，顺便在电话中他说起我的彼得。（在襁褓时的彼得，叔和在柏林也曾见过。）他说我那篇悼儿文做得不坏；有人素来看不起我的笔墨的，他说，这回也相当的赞许了。我此时还分明记得他那天通电时着了寒发沙的嗓音！我当时回他说多谢你们夸奖，但我却觉得凄惨因为我同时不能忘记那篇文字的代价，是我自己的爱儿。过了几天适之来说："老老病了，并且他那病相不好，方才我去看他，他说适之我的日子已经是可数的了。"他那时住在皮宗石家里。我最后见他的一次，他已在医院里。他那神色真是不好，我出来就对人讲，他的病中医叫做湿瘟，并且我分明认得它，他那眼内的钝光，面上的涩色，一年前我那表兄沈叔薇弥留时我曾经见过——可怕的认识，这侵蚀生命的病征。可怜少鳏的老老，这时候病榻前竟没有温存的看护；我与他说笑："至少在病苦中有妻子毕竟强似没妻子，老老，你不懊丧续弦不及早吗？"那天我喂了他一餐，他实在是动弹不得；但我向他道别的时候，我真为他那无告的情形不忍。（在客地的单身朋友们，这是一个切题的教训，快些成家，不过于挑剔了吧；你放平在病榻上时才知道没有妻子的悲惨！——到那时，比如叔和，可就太晚了。）

叔和没了，但为你，叔和，我却不曾掉泪。这年头也不知怎的，笑自难得，哭也不得容易。你的死当然是我们的悲痛，但转念这世上惨淡的生活其实是无可沾恋，趁早隐了去，谁说一定不是可羡慕的幸运？况且近年来我已经见惯了死，我再也不觉着它的可怕。可怕是这烦嚣的尘世：蛇蝎在我们的脚下，鬼祟在市街上，霹雳在我们的头顶，噩梦在我们的周遭。在这伟大的迷阵中，最难得的是遗忘；只有在简短的遗忘时我们才有机会恢复呼吸的自由与心神的愉快。谁说死不就是个悠久的遗忘的境界？谁说墓窟不就是真解放的进门？

但是随你怎样看法，这生死间的隔绝，终究是个无可奈何的事实，死去的不能复活，活着的不能到坟墓的那一边去探望。到绝海里去探险我们得合伙，在大漠里游行我们得结伴；我们到世上来做人，归根说，还不只是惘惘的来寻访几个可以共患难的朋友，这人生有时比绝海更凶险，比大漠更荒凉，要不是这点子友人的同情我第一个就不敢向前迈步了。叔和真是我们的一个。他的性情是不可信的温和，"顶好说话的老老"；但他每当论事，却又绝对的不苟同，他的议论，在他起劲时，就比如山壑间雨后的乱泉，石块压不住它，蔓草掩不住它。谁不记得他那永远带伤风的嗓音，他那永远不平衡的肩背，他那怪样的激昂的神情？通伯在他那篇《刘叔和》里说起当初在海外老老与傅孟真的豪辩，有时竟连"呐呐不多言"的他，也"免不了加入他们的战队"。这三位衣常敝，履无不穿的"大贤"在伦敦东南隅的陋巷，点煤汽油灯的斗室里，真不知有多少次借光柏拉图与卢骚与斯宾塞的迷力，欺骗他们告空虚的肠胃——至少在这一点他们三位是一致同意的！但通伯却忘了告诉我们他自己每回加入战团时的特别情态，我想我应得替他补白。我方才用乱泉比老老，但我应得说他是一窜野火，焰头是斜着去的；傅孟真，不用说，更是一窜野火，更猖獗，焰头是斜着来的；这一去一来就发生了不得开交的冲突。在他们最不得开交时，劈头下去了一剪冷水，两窜野火都吃了惊，暂时翳了回去。那一剪冷水就是通伯；他是出名浇冷水的圣手。

啊，那些过去的日子！枕上的梦痕，秋雾里的远山。我此时又想起初渡太平洋与大西洋时的情景了。我与叔和同船到美国，那时还不熟；后来同在纽约一年差不多每天会面的，但最不可忘的是我与他同渡大西洋的日子。那时我正迷上尼采，开口就是那一套沾血腥的字句。

我仿佛跟着查拉图斯脱拉①登上了哲理的山峰，高空的清气在我的肺里，杂色的人生横亘在我的眼下。船过必司该海湾的那天，天时骤然起了变化：岩片似的黑云一层层累叠在船的头顶，不漏一丝天光，海也整个翻了，这里一座高山，那边一个深谷，上腾的浪尖与下垂的云爪相互的纠拿着；风是从船的侧面来的，夹着铁梗似粗的暴雨，船身左右侧的倾欹着。这时候我与叔和在水发的甲板上往来的走——哪里是走，简直是滚，多强烈的震动！霎时间雷电也来了，铁青的云板里飞舞着万道金蛇，涛响与雷声震成了一片喧阗，大西洋险恶的威严在这风暴中尽情的披露了，"人生，"我当时指给叔和说，"有时还不止这凶险，我们有胆量进去吗？"那天的情景益发激动了我们的谈兴，从风起直到风定，从下午直到深夜，我分明记得，我们俩在沉酣的论辩中遗忘了一切。

　　今天国内的状况不又是一幅大西洋的天变？我们有胆量进去吗？难得是少数能共患难的旅伴；叔和，你是我们的一个，如何你等不得浪静就与我们永别了？叔和，说他的体气，早就是一个弱者；但如其一个不坚强的体壳可以

────────────

① 查拉图斯脱拉，通译查拉图斯特拉，德国哲学家尼采的《查拉图斯特拉如是说》书中假托的一位古代波斯圣者。

包容一团坚强的精神，叔和就是一个例。叔和生前没有仇人，他不能有仇人；但他自有他不能容忍的对象：他恨混淆的思想，他恨腌臜的人事。他不轻易斗争；但等他认定了对敌出手时，他是最后回头的一个。叔和，我今天又走上了风雨中的甲板，我不能不悼惜我侣伴的空位！

十月十五日①

---

① 年份为1925年。

伤双栝老人①

看来你的死是无可置疑的了，宗孟先生，虽则你的家人们到今天还没法寻回你的残骸。最初消息来时，我只是不信，那其实是太奇特，太荒唐，太不近情。我曾经几回梦见你生还，叙述你历险的始末，多活现的梦境！但如今在栝树凋尽了青枝的庭院，再不闻"老人"的謦欬；真的没了，四壁的白联仿佛在微风中叹息。这三四十天来，哭你有你的内眷，姊妹，亲戚，悼你的私交；惜你有你的政

①　双栝老人，即林长民（1876—1925），字宗孟，晚清立宪派人士，辛亥革命后曾任临时参议院和众议院秘书长，1917年任段祺瑞内阁司法总长。1925年11月死于奉系军阀张作霖与其部下郭松龄的混战。

友与国内无数爱君才调的士夫。志摩是你的一个忘年的小友。我不来敷陈你的事功，不来历叙你的言行；我也不来再加一份涕泪吊你最后的惨变。魂兮归来！此时在一个风满天的深夜握笔，就只两件事闪闪的在我心头：一是你的谐趣天成的风怀，一是髫年失怙的诸弟妹，他们，你在时，哪一息不是你的关切，便如今，料想你彷徨的阴魂也常在他们的身畔飘逗。平时相见，我倾倒你的语妙，往往含笑静听，不叫我的笨涩羼杂你的莹澈，但此后，可恨这生死间无情的阻隔，我再没有那样的清福了！只当你是在我跟前，只当是消磨长夜的闲谈，我此时对你说些琐碎，想来你不至厌烦吧。

先说说你的弟妹。你知道我与小孩子们说得来，每回我到你家去，他们一群四五个，连着眼珠最黑的小五，浪一般的拥上我的身来，牵住我的手，攀住我的头，问这样，问那样；我要走时他们就着了忙，抢帽子的，锁门的，嘎着声音苦求的——你也曾见过我的狼狈。自从你的噩耗到后，可怜的孩子们，从不满四岁到十一岁，哪懂得生死的意义，但看了大人们严肃的神情，他们也都发了呆，一个个木鸡似的在人前愣着。有一天听说他们私下在商量，想组织一队童子军，冲出山海关去替爸爸报仇！

"栝安"那虚报到的一个早上，我正在你家。忽然间一

175

阵天翻似的闹声从外院陡起，一群孩子拥着一位手拿电纸的大声的欢呼着，冲锋似的陷进了上房。果然是大胜利，该得庆祝的："爹爹没有事！""爹爹好好的！"徽①那里平安电马上发了去，省她急。福州电也发了去，省他们跋涉。但这欢喜的风景运定活不到三天，又叫接着来的消息给完全煞尽！

当初送你同去的诸君回来，证实了你的死信。那晚，你的骨肉一个个走进你的卧房，各自默恻恻的坐下，啊，那一阵子最难堪的噤寂，千万种痛心的思潮在各个人的心头，在这沉默的暗惨中，激荡，汹涌起伏。可怜的孩子们也都泪滢滢的攒聚在一处，相互的偎着，半懂得情景的严重。霎时间，冲破这沉默，发动了决声的号啕，骨肉间至性的悲哀——你听着吗，宗孟先生，那晚有半轮黄月斜觇着北海白塔的凄凉？

我知道你不能忘情这一群童稚的弟妹。前晚我去你家时见小四小五在灵帏前翻着筋斗，正如你在时他们常在你的跟前献技。"你爹呢？"我拉住他们问。"爹死了"，他们嘻嘻的回答，小五搂住了小四，一和身又滚做一堆！他们

---

① 徽，即林徽因（1904—1955），林长民的女儿，作家，建筑学家，当时在美国留学。徐志摩曾追求过她，但她1928年与梁思成结婚。

将来的养育是你身后唯一的问题——说到这里，我不由的想起了你离京前最后几回的谈话。政治生活，你说你不但尝够而且厌烦了。这五十年算是一个结束，明年起你准备谢绝俗缘，亲自教课膝前的子女；这一清心你就可以用功你的书法，你自觉你腕下的精力，老来只是健进，你打算再花二十年工夫，打磨你艺术的天才；文章你本来不弱，但你想望的却不是什么等身的著述，你只求沥一生的心得，淘成三两篇不易衰朽的纯晶。这在你是一种觉悟；早年在国外初识面时，你每每自负你政治的异禀，即在年前避居津地时你还以为前途不少有为的希望，直至最近政态诡变，你才内省厌倦，认真想回复你书生逸士的生涯。我从最初惊讶你清奇的相貌，惊讶你更清奇的谈吐，我便不阿附你从政的热心，曾经有多少次我讽劝你趁早回航，领导这新时期的精神，共同发现文艺的新土。即如前半年泰戈尔来时，你那兴会正不让我们年轻人；你这半百翁登台演戏，不辞劳倦的精神正不知给了我们多少的鼓舞！

不，你不是"老人"；你至少是我们后生中间的一个。在你的精神里，我们看不见苍苍的鬓发，看不见五十年光阴的痕迹；你的依旧是二三十年前"春痕"故事里的"逸"的风情——"万种风情无地着"，是你最得意的名句，谁料这下文竟命定是"辽原白雪葬华颠"！

谁说你不是君房①的后身？可惜当时不曾记下你摇曳多姿的吐属，蓓蕾似的满缀着警句与谐趣，在此时回忆，只如天海远处的点点航影，再也认不分明。你常常自称厌世人。果然，这世界，这人情，哪禁得起你锐利的理智的解剖与抉剔？你的锋芒，有人说，是你一生最吃亏的所在。但你厌恶的是虚伪，是矫情，是顽老，是乡愿的面目，那还不是该的？谁有你的豪爽，谁有你的倜傥，谁有你的幽默？你的锋芒，即使露，也决不是完全在他人身上应用，你何尝放过你自己来？对己一如对人，你丝毫不存姑息，不存隐讳。这就够难能，在这无往不是矫揉的日子。再没有第二人，除了你，能给我这样脆爽的清谈的愉快。再没有第二人在我的前辈中，除了你，能使我感受这样的无"执"无"我"精神。

最可怜是远在海外的徽徽，她，你曾经对我说，是你唯一的知己；你，她也曾对我说，是她唯一的知己。你们这父女不是寻常的父女。"做一个有天才的女儿的父亲，"你曾说，"不是容易享的福，你得放低你天伦的辈分先求做到友谊的了解。"徽，不用说，一生崇拜的就只你，她一生

---

① 君房，疑指张君房，宋代官僚、学者，曾修校《道藏》，并撮其精要，辑成《云笈七签》一书。

理想的计划中，哪件事离得了聪明不让她自己的老父？但如今，说也可怜，一切都成了梦幻，隔着这万里途程，她那弱小的心灵如何载得起这奇重的哀惨！这终天的缺陷，叫她问谁补去？佑着她吧，你不昧的阴灵，宗孟先生，给她健康，给她幸福，尤其给她艺术的灵术——同时提携她的弟妹，共同增荣雪池双栎的清名！

十五年，二月，二日新月社

泰戈尔[①]

 我有几句话想趁这个机会对诸君讲，不知道你们有没有耐心听。泰戈尔先生快走了，在几天内他就离别北京，在一两个星期内他就告辞中国。他这一去大约是不会再来的了。也许他永远不能再到中国。

 他是六七十岁的老人，他非但身体不强健，他并且是有病的。去年秋天他还发了一次很重的骨痛热病。所以他要到中国来，不但他的家属，他的亲戚朋友，他的医生，都不愿意他冒险，就是他欧洲的朋友，比如法国的罗曼罗兰，也都有信去劝阻他。他自己也曾经踌躇了好久，他心

---

① 本文是徐志摩1924年5月12日在北京真光剧场的演讲。

里常常盘算他如其到中国来，他究竟不能够给我们好处，他想中国人自有他们的诗人，思想家，教育家，他们有他们的智慧，天才，心智的财富与营养，他们更用不着外来的补助与鞭刺，我只是一个诗人，我没有宗教家的福音，没有哲学家的理论，更没有科学家实利的效用，或是工程师建设的才能，他们要我去做什么，我自己又为什么要去，我有什么礼物带去满足他们的盼望。他真的很觉得迟疑，所以他延迟了他的行期。但是他也对我们说到冬天完了春风吹动的时候（印度的春风比我们的吹得早），他不由的感觉了一种内迫的冲动，他面对着逐渐滋长的青草与鲜花，不由的抛弃了，忘却了他应尽的职务，不由的解放了他的歌唱的本能，和着新来的鸣雀，在柔软的南风中开怀的讴吟。同时他收到我们催请的信，我们青年盼望他的诚意与热心，唤起了老人的勇气。他立即定夺了他东来的决心。他说趁我暮年的肢体不曾僵透，趁我衰老的心灵还能感受，决不可错过这最后唯一的机会，这博大，从容，礼让的民族，我幼年时便发心朝拜，与其将来在黄昏寂静的境界中萎衰的惆怅，何如利用这夕阳未暝时的光芒，了却我晋香人的心愿？

他所以决意的东来，他不顾亲友的劝阻，医生的警告，不顾他自身的高年与病体，他也撇开了在本国一切的任务，跋涉了万里的海程，他来到了中国。

自从四月十二在上海登岸以来，可怜老人不曾有过一半天完整的休息，旅行的劳顿不必说，单就公开的演讲以及较小集会时的谈话，至少也有了三四十次！他的，我们知道，不是教授们的讲义，不是教士们的讲道，他的心府不是堆积货品的栈房，他的辞令不是教科书的喇叭。他是灵活的泉水，一颗颗颤动的圆珠从他心里兢兢的泛登水面都是生命的精液；他是瀑布的吼声，在白云间，青林中，石罅里，不住的欢响；他是百灵的歌声，他的欢欣，愤慨，响亮的谐音，弥漫在无际的晴空。但是他是倦了。终夜的狂歌已经耗尽了子规的精力，东方的曙色亦照出他点点的心血染红了蔷薇枝上的白露。

老人是疲乏了。这几天他睡眠也不得安宁，他已经透支了他有限的精力。他差不多是靠散拿吐瑾①过日的。他不由的不感觉风尘的厌倦，他时常想念他少年时在恒河边沿拍浮的清福，他想望椰树的清荫与曼果的甜瓤。

但他还不仅是身体的惫劳，他也感觉心境的不舒畅。这是很不幸的。我们做主人的只是深深的负歉。他这次来华，不为游历，不为政治，更不为私人的利益，他熬着高

---

① 散拿吐瑾，一种药物。

年，冒着病体，抛弃自身的事业，备尝行旅的辛苦，他究竟为的是什么？他为的只是一点看不见的情感，说远一点，他的使命是在修补中国与印度两民族间中断千余年的桥梁。说近一点，他只想感召我们青年真挚的同情。因为他是信仰生命的，他是尊崇青年的，他是歌颂青春与清晨的，他永远指点着前途的光明。悲悯是当初释迦牟尼证果的动机，悲悯也是泰戈尔先生不辞艰苦的动机。现代的文明只是骇人的浪费，贪淫与残暴，自私与自大，相猜与相忌，飓风似的倾覆了人道的平衡，产生了巨大的毁灭。芜秽的心田里只是误解的蔓草，毒害同情的种子，更没有收成的希冀。在这个荒惨的境地里，难得有少数的丈夫，不怕阻难，不自馁怯，肩上扛着铲除误解的大锄，口袋里满装着新鲜人道的种子，不问天时是阴是雨是晴，不问是早晨是黄昏是黑夜，他只是努力的工作，清理一方泥土，施殖一方生命，同时口唱着嘹亮的新歌，鼓舞在黑暗中将次透露的萌芽。泰戈尔先生就是这少数中的一个。他是来广布同情的，他是来消除成见的。我们亲眼见过他慈祥的阳春似的表情，亲耳听过他从心灵底里迸裂出的大声，我想只要我们的良心不曾受恶毒的烟煤薰黑，或是被恶浊的偏见污抹，谁不曾感觉他至诚的力量，魔术似的，为我们生命的前途开辟了一个神奇的境界，燃点了理想的光明？所以我们也懂得他的深刻的懊怅与失望，如其他知道部分的青年不但不能容纳他的灵感，并且存心的诬毁他的热忱。我们固然奖励思想的独立，但我们决不敢附和误解的自由。他生平最满意的成绩就在他永远能得青年的同情，不论在德国，在丹麦，在美国，在日本，青年永远是他最忠心的朋友。他也曾经遭受种种的误解与攻击，政府的猜疑与报纸的诬捏与守旧派的讥评，不论如何的谬妄与剧烈，从不曾扰动他优容的大量，他的希望，他的信仰，他的爱心，他的至诚，完全的托付青年。我的须，我的发是白的，但我的心却永远是青的，他常常的对我们说，只要青年是我的知己，我理想的将来就有着落，我乐观的明灯永远不致黯淡。他不能相信纯洁的青年也会坠落在怀疑，猜忌，卑琐的泥溷，他更不能信中国的青年也会沾染不幸的污点。他真不预备在中国遭受意外的待遇。他很不自在，他很感觉异样的怆心。

因此精神的懊丧更加重他躯体的倦劳。他差不多是病了。我们当然很焦急的期望他的健康，但他再没有心境继续他的讲演。我们恐怕今天就是他在北京公开讲演最后的一个机会。他有休养的必要。我们也决不忍再使他耗费有限的精力。他不久又有长途的跋涉，他不能不有三四天完全的养息。所以从今天起，所有已经约定的集会，公开与私人的，一概撤销，他今天就出城去静养。

我们关切他的一定可以原谅，就是一小部分不愿意他来作客的诸君也可以自喜战略的成功。他是病了，他在北京不再开口了，他快走了，他从此不再来了。但是同学们，我们也得平心的想想，老人到底有什么罪，他有什么负心，他有什么不可容赦的犯案？公道是死了吗，为什么听不见你的声音？

他们说他是守旧，说他是顽固。我们能相信吗？他们说他是"太迟"，说他是"不合时宜"，我们能相信吗？他自己是不能信，真的不能信。他说这一定是滑稽家的反调。他一生所遭逢的批评只是太新，太早，太急进，太激烈，太革命的，太理想的，他六十年的生涯只是不断的奋斗与冲锋，他现在还只是冲锋与奋斗。但是他们说他是守旧，太迟，太老。他顽固奋斗的对象只是暴烈主义，资本主义，帝国主义，武力主义，杀灭性灵的物质主义；他主张的只是创造的生活，心灵的自由，国际的和平，教育的改造，普爱的实现。但他们说他是帝国政策的间谍，资本主义的助力，亡国奴族的流民，提倡裹脚的狂人！肮脏是在我们的政客与暴徒的心里，与我们的诗人又有什么关系？昏乱是在我们冒名的学者与文人的脑里，与我们的诗人又有什么亲属？我们何妨说太阳是黑的，我们何妨说苍蝇是真理？

同学们，听信我的话，像他的这样伟大的声音我们也许一辈子再不会听着的了。留神目前的机会，预防将来的惆怅！他的人格我们只能到历史上去搜寻比拟。他的博大的温柔的灵魂我敢说永远是人类记忆里的一次灵绩。他的无边际的想象是辽阔的同情使我们想起惠德曼①；他的博爱的福音与宣传的热心使我们记起托尔斯泰；他的坚韧的意志与艺术的天才使我们想起造摩西像的密仡郎其罗；他的诙谐与智慧使我们想象当年的苏格拉底与老聃；他的人格的和谐与优美使我们想念暮年的葛德；他的慈祥的纯爱的抚摩，他的为人道不厌的努力，他的磅礴的大声，有时竟使我们唤起救主的心像，他的光彩，他的音乐，他的雄伟，使我们想念奥林必克②山顶的大神。他是不可侵凌的，不可逾越的，他是自然界的一个神秘的现象。他是三春和暖的南风，惊醒树枝上的新芽，增添处女颊上的红晕。他是普照的阳光。他是一派浩瀚的大水，来从不可追寻的渊源，在大地的怀抱中终古的流着，不息的流着，我们只是两岸的居民，凭借这慈恩的天赋，灌溉我们的田稻，苏解我们的消渴，

---

① 惠德曼，通译惠特曼（1819—1892），美国诗人，著有《草叶集》等。

② 奥林必克，通译奥林匹斯，希腊东北部的一座高山，古代希腊人视它为神山，希腊神话中的诸神都住在山顶。

洗净我们的污垢。他是喜马拉雅积雪的山峰，一般的崇高，一般的纯洁，一般的壮丽，一般的高傲，只有无限的青天枕藉他银白的头颅。

人格是一个不可错误的实在，荒歉是一件大事，但我们是饿惯了的，只认鸠形与鹄面是人生本来的面目，永远忘却了真健康的颜色与彩泽。标准的低降是一种可耻的堕落：我们只是踞坐在井底的青蛙，但我们更没有怀疑的余地。我们也许揣详东方的初白，却不能非议中天的太阳。我们也许见惯了阴霾的天时，不耐这热烈的光焰，消散天空的云雾，暴露地面的荒芜，但同时在我们心灵的深处，我们岂不也感觉一个新鲜的影响，催促我们生命的跳动，唤醒潜在的想望，仿佛是武士望见了前峰烽烟的信号，更不踌躇的奋勇向前？只有接近了这样超轶的纯粹的丈夫，这样不可错误的实在，我们方始相形的自愧我们的口不够阔大，我们的嗓音不够响亮，我们的呼吸不够深长，我们的信仰不够坚定，我们的理想不够莹澈，我们的自由不够磅礴，我们的语言不够明白，我们的情感不够热烈，我们的努力不够勇猛，我们的资本不够充实……

我自信我不是恣滥不切事理的崇拜，我如其曾经应用浓烈的文字，这是因为我不能自制我浓烈的感想。但是我最急切要声明的是，我们的诗人，虽则常常招受神秘的徽号，在事实上却是最清明，最有趣，最诙谐，最不神秘的生灵。他是最通达人情，最近人情的。我盼望有机会追写他日常的生活与谈话。如其我是犯嫌疑的，如其我也是性近神秘的（有好多朋友这么说），你们还有适之先生的见证，他也说他是最可爱最可亲的个人：我们可以相信适之先生绝对没有"性近神秘"的嫌疑！所以无论他怎样的伟大与深厚，我们的诗人还只是有骨有血的人，不是野人，也不是天神。唯其是人，尤其是最富情感的人，所以他到处要求人道的温暖与安慰，他尤其要我们中国青年的同情与情爱。他已经为我们尽了责任，我们不应，更不忍辜负他的期望。同学们！爱你的爱，崇拜你的崇拜，是人情不是罪孽，是勇敢不是懦怯！

十二日在真光讲

谒见哈代的一个下午①

一

　　"如其你早几年，也许就是现在，到道骞斯德的乡下，你或许碰得到'裘德'②的作者，一个和善可亲的老者，穿着短裤便服，精神飒爽的，短短的脸面，短短的下颏，在街道上闲暇的走着，招呼着，答话着，你如其过去问他卫撒克士小说里的名胜，他就欣欣的从详指点讲解；回头他

---

① 本文发表时作为《汤麦士哈代》一文的附录，其实是一篇独立的散文，这里另置一题。原刊1928年3月《新月》第1卷第1期。

② "裘德"，即哈代的长篇小说《无名的裘德》。

一扬手，已经跳上了他的自行车，按着车铃，向人丛里去了。我们读过他著作的，更可以想象这位貌不惊人的圣人，在卫撒克士广大的，起伏的草原上，在月光下，或在晨曦里，深思地徘徊着。天上的云点，草里的虫吟，远处隐约的人声都在他灵敏的神经里印下不磨的痕迹；或在残败的古堡里拂拭乱石上的苔青与网结；或在古罗马的旧道上，冥想数千年前铜盔铁甲的骑兵曾经在这日光下驻踪；或在黄昏的苍茫里，独倚在枯老的大树下，听前面乡村里的青年男女，在笛声琴韵里，歌舞他们节会的欢欣；或在济茨①或雪莱或史文庞②的遗迹，悄悄的追怀他们艺术的神奇……在他的眼里，像在高蒂闲（Théophile Gautier）的眼里，这看得见的世界是活着的；在他的'心眼'（The Inward Eye）里，像在他最服膺的华茨华士的心眼里，人类的情感与自然的景象是相联合的；在他的想象里，像在所有大艺术家的想象里，不仅伟大的史绩，就是眼前最琐小最暂忽的事实与印象，都有深奥的意义，平常人所忽略或竟不能窥测的。从他那六十年不断的心灵生活，——观察，考量，

---

① 济茨，通译济慈（1795—1821），英国诗人，著有《夜莺颂》等。

② 史文庞，通译史文朋（1837—1909），英国诗人，著有诗剧《阿塔兰忒在卡吕冬》等。

揣度，印证，——从他那六十年不懈不弛的真纯经验里，哈代，像春蚕吐丝制茧似的，抽绎他最微妙最桀傲的音调，纺织他最缜密最经久的诗歌——这是他献给我们可珍的礼物。"

二

上文是我三年前慕而未见时半自想象半自他人传述写来的哈代。去年七月在英国时，承狄更生先生的介绍，我居然见到了这位老英雄，虽则会面不及一小时，在余小子已算是莫大的荣幸，不能不记下一些踪迹。我不讳我的"英雄崇拜"。山，我们爱踹高的；人，我们为什么不愿意接近大的？但接近大人物正如爬高山，往往是一件费劲的事；你不仅得有热心，你还得有耐心。半道上力乏是意中事，草间的刺也许拉破你的皮肤，但是你想一想登临危峰时的愉快！真怪，山是有高的，人是有不凡的！我见曼殊斐儿①，比方说，只不过二十分钟模样的谈话，但我怎么能形容我那时在美的神奇的启示中的全生的震荡？

---

① 曼殊斐儿，通译曼斯菲尔德（1888—1923），英国女作家，著有小说集《幸福》等。

我与你虽仅一度相见——

但那二十分不死的时间！

　　果然，要不是那一次巧合的相见，我这一辈子就永远见不着她——会面后不到六个月她就死了。自此我益发坚持我英雄崇拜的势利，在我有力量能爬的时候，总不教放过一个"登高"的机会。我去年到欧洲完全是一次"感情作用的旅行"；我去是为泰戈尔，顺便我想去多瞻仰几个英雄。我想见法国的罗曼罗兰，意大利的丹农雪乌①，英国的哈代。但我只见着了哈代。

　　在伦敦时对狄更生先生说起我的愿望，他说那容易，我给你写信介绍，老头精神真好，你小心他带了你到道骞斯德林子里去走路，他仿佛是没有力乏的时候似的！那天我从伦敦下去到道骞斯德，天气好极了，下午三点过到的。下了站我不坐车，问了 Max Gate② 的方向，我就欣欣的走去。他家的外园门正对一片青碧的平壤，绿到天边，绿到

---

① 丹农雪乌，通译邓南遮（1863—1938），意大利作家，著有诗集《新歌》等。

② Max Gate，即马克斯门。哈代1885年在英国西南部多塞特郡多切斯特郊区建立的住宅，他在此定居直到逝世。

门前；左侧远处有一带绵邈的平林。进园径转过去就是哈代自建的住宅，小方方的壁上满爬着藤萝。有一个工人在园的一边剪草，我问他哈代先生在家不，他点一点头，用手指门。我拉了门铃，屋子里突然发一阵狗叫声，在这宁静中听得怪尖锐的，接着一个白纱抹头的年轻下女开门出来。

"哈代先生在家，"她答我的问，"但是你知道哈代先生是'永远'不见客的。"

我想糟了。"慢着，"我说，"这里有一封信，请你给递了进去。""那么请候一候"，她拿了信进去，又关上了门。

她再出来的时候脸上堆着最俊俏的笑容。"哈代先生愿意见你，先生，请进来。"多俊俏的口音！"你不怕狗吗，先生。"她又笑了。"我怕。"我说。"不要紧，我们的梅雪就叫，她可不咬，这儿生客来得少。"

我就怕狗的袭来！战兢兢的进了门，进了官厅，下女关门出去，狗还不曾出现，我才放心。壁上挂着沙琴德①（John Sargent）的哈代画像，一边是一张雪莱的像，书架上记得有雪莱的大本集子，此外陈设是朴素的，屋子也低，暗沉沉的。

---

① 沙琴德，通译萨金特（1856—1925），美国肖像画家，晚年在伦敦定居。

我正想着老头怎么会这样喜欢雪莱，两人的脾胃相差够多远，外面楼梯上一阵急促的脚步声和狗铃声下来，哈代推门进来了。我不知他身材实际多高，但我那时站着平望过去，最初几乎没有见他，我的印象是他是一个矮极了的小老头儿。我正要表示我一腔崇拜的热心，他一把拉了我坐下，口里连着说"坐坐"，也不容我说话，仿佛我的"开篇"辞他早就有数，连着问我，他那急促的一顿顿的语调与干涩的苍老的口音，"你是伦敦来的？""狄更生是你的朋友？""他好？""你译我的诗？""你怎么翻的？""你们中国诗用韵不用？"前面那几句问话是用不着答的（狄更生信上说起我翻他的诗），所以他也不等我答话，直到末一句他才收住了。他坐着也是奇矮，也不知怎的，我自己只显得高，私下不由的局蹐，似乎在这天神面前我们凡人就在身材上也不应分占先似的！（啊，你没见过萧伯纳——这比下来你是个蚂蚁！）这时候他斜着坐，一只手搁在台上头微微低着，眼往下看，头顶全秃了，两边脑角上还各有一鬖也不全花的头发；他的脸盘粗看像是一个尖角往下的等边形三角，两颧像是特别宽，从宽浓的眉尖直扫下来束住在一个短促的下巴尖；他的眼不大，但是深窈的，往下看的时候多，不易看出颜色与表情。最特别的，最"哈代的"，是他那口连着两旁松松往下坠的夹腮皮。如其他的眉眼只是忧郁的深沉，他的口脑的表情分明是厌倦与消极。不，他的脸是怪，我从不曾见过这样耐人寻味的脸。他那上半部，秃的宽广的前额，着发的头角，你看了觉得好玩，正如一个孩子的头，使你感觉一种天真的趣味，但愈往下愈不好看，愈使你觉着难受，他那皱纹龟驳的脸皮正使你想起一块苍老的岩石，雷电的猛烈，风霜的侵凌，雨雷的剥蚀，苔藓的沾染，虫鸟的斑斓，什么时间与空间的变幻都在这上面遗留着痕迹！你知道他是不抵抗的，忍受的，但看他那下颊，谁说这不泄露他的怨毒，他的厌倦，他的报复性的沉默！他不露一点笑容，你不易相信他与我们一样也有喜笑的本能。正如他的脊背是倾向伛偻，他面上的表情也只是一种不胜压迫的伛偻。喔哈代！

回讲我们的谈话。他问我们中国诗用韵不。我说我们从前只有韵的散文，没有无韵的诗，但最近……但他不要听最近，他赞成用韵，这道理是不错的。你投块石子到湖心里去，一圈圈的水纹漾了开去，韵是波纹。少不得。抒情诗（Lyric）是文学的精华的精华。颠不破的钻石，不论多小。磨不灭的光彩。我不重视我的小说。什么都没有做好的小诗难［他背了莎"Tell me where is Fancy bred"①，

---

① 莎士比亚的这句话的意思是"告诉我是什么培养了想象力"。

朋琼生（Ben Jonson）的"Drink to me only with thine eyes"①，高兴的样子]。我说我爱他的诗因为它们不仅结构严密像建筑，同时有思想的血脉在流走，像有机的整体。我说了Organic②这个字；他重复说了两遍："Yes, Organic, yes, Organic：A poem ought to be a living thing."③练习文字顶好学写诗；很多人从学诗写好散文，诗是文字的秘密。

他沉思了一晌。"三十年前有朋友约我到中国去。他是一个教士，我的朋友，叫莫尔德，他在中国住了五十年，他回英国来时每回说话先想起中文再翻英文的！他中国什么都知道，他请我去，太不便了，我没有去。但是你们的文字是怎么一回事？难极了不是？为什么你们不丢了它，改用英文或法文，不方便吗？"哈代这话骇住了我。一个最认识各种语言的天才的诗人要我们丢掉几千年的文字！我与他辩难了一晌，幸亏他也没有坚持。

说起我们共同的朋友。他又问起狄更生的近况，说他真是中国的朋友。我说我明天到康华尔去看罗素。谁？罗

---

① 朋琼生，通译琼森（1572—1637），英国剧作家、诗人。有剧作《炼金术士》等。他的这句话的意思是"为你的观察力干杯"。

② Organic，有机的。

③ 这句话的意思是"是的，有机的，是的，有机的：诗必须是活的东西"。

素？他没有加按语。我问起勃伦腾①（Edmund Blunden），他说他从日本有信来，他是一个诗人。讲起麦雷②（John M. Murry）他起劲了。"你认识麦雷？"他问。"他就住在这儿道骞斯德海边，他买了一所古怪的小屋子，正靠着海，怪极了的小屋子，什么时候那可以叫海给吞了去似的。他自己每天坐一部破车到镇上来买菜。他是能干的。他会写。你也见过他从前的太太曼殊斐儿？他又娶了，你知道不？我说给你听麦雷的故事。曼殊斐儿死了，他悲伤得很，无聊极了，他办了他的报（我怕他的报维持不了），还是悲伤。好了，有一天有一个女的投稿几首诗，麦雷觉得有意思，写信叫她去看他，她去看他，一个年轻的女子，两人说投机了，就结了婚，现在大概他不悲伤了。"

他问我那晚到哪里去。我说到 Exeter③ 看教堂去，他说好的，他就讲建筑，他的本行④。我问你小说里常有建筑

———————————

① 勃伦腾，通译布伦登（1896—1974），英国诗人，20世纪20年代在日本教书。

② 麦雷，通译默里（1889—1957），英国批评家、编辑，曾与曼斯菲尔德同居。

③ Exeter，通译埃克塞特，英国德文郡一区（城市），历史名城。

④ 哈代早年学过建筑。

师，有没有你自己的影子？他说没有。这时候梅雪出去了又回来，咻咻的爬在我的身上乱抓。哈代见我有些窘，就站起来呼开梅雪，同时说我们到园里去走走吧，我知道这是送客的意思。我们一起走出门绕到屋子的左侧去看花，梅雪摇着尾巴咻咻的跟着。我说哈代先生，我远道来你可否给我一点小纪念品。他回头见我手里有照相机，他赶紧他的步子急急的说，我不爱照相，有一次美国人来给了我很多的麻烦，我从此不叫来客照相，——我也不给我的笔迹（Autograph），你知道？他脚步更快了，微偻着背，腿微向外弯一摆一摆的走着，仿佛怕来客要强抢他什么东西似的！"到这儿来，这儿有花，我来采两朵花给你做纪念，好不好？"他俯身下去到花坛里去采了一朵红的一朵白的递给我，"你暂时插在衣襟上吧，你现在赶六点钟车刚好，恕我不陪你了，再会，再会——来，来，梅雪，梅雪……"老人扬了扬手，径自进门去了。

　　啬刻的老头，茶也不请客人喝一杯！但谁还不满足，得着了这样难得的机会？往古的达文謇，莎士比亚，葛德，拜伦，是不回来了的；——哈代！多远多高的一个名字！方才那头秃秃的背弯弯的腿屈屈的，是哈代吗？太奇怪了！

那晚有月亮，离开哈代家五个钟头以后，我站在哀克刹脱^①教堂的门前玩弄自身的影子，心里充满着神奇。

———————

① 哀克刹脱，通译埃克塞特，即上文中提到的Exeter。

志摩
书信

我将于茫茫人海中访我唯一灵魂之伴侣；得之，我幸；不得，我命，如此而已。

致梁启超

一九一八年八月×日（片断）

夏间趋拜榘范，眩震高明，未得一抒其愚昧，南归适慈亲沾恙，奉侍匝月，后复料量行事，仆仆无暇，首涂之日，奉握金诲，片语提撕，皆旷可发蒙，感抃乍会至于流涕。具谂夫子爱人以德，不以不肖而弃之，抑又重增惶悚，虑下驷之不足，以充御厩而有愧于圣门弟子也。敢不竭蹞步之安详，以冀千里之程哉？

一九二三年一月×日（片断）

我之甘冒世之不韪，竭全力以斗者，非特求免凶惨之苦痛，实求良心之安顿，求人格之确立，求灵魂之救度耳。

人谁不求庸德？人谁不安现成？人谁不畏艰险？然且有突围而出者，夫岂得已而然哉？

我将于茫茫人海中访我唯一灵魂之伴侣；得之，我幸；不得，我命，如此而已。

嗟夫吾师！我尝奋我灵魂之精髓，以凝成一理想之明珠，涵之以热满之心血，朗照我深奥之灵府。而庸俗忌之嫉之，辄欲麻木其灵魂，捣碎其理想，杀灭其希望，污毁其纯洁！我之不流入堕落，流入庸懦，流入卑污，其几亦微矣！

致张幼仪

一九二二年三月×日（片断）

故转夜为日，转地狱为天堂，直指顾间事矣。……真生命必自奋斗自求得来，真幸福亦必自奋斗自求得来，真恋爱亦必自奋斗自求得来！彼此前途无限……彼此有改良社会之心，彼此有造福人类之心，其先自作榜样，勇决智断，彼此尊重人格，自由离婚，止绝苦痛，始兆幸福，皆在此矣。

一九二六年十二月十四日

幼仪：

爸爸来，知道你们都好，尤其是欢进步得快，欣慰得很。你们那一小家庭，虽是新组织，听来倒是热闹而且有精神，我们避难人听了十分羡慕。你的信收到，万分感谢你。幼仪，妈在你那里各事都舒适，比在家里还好些，真的，年内还不如留京的好，一则路上不便，二则回来还不免时时提心吊胆。我们不瞒你说，早想回京，只是走不动，没有办法。我们在上海的生活是无可说的，第一是曼同母亲行后就病，直到今天还不见好，我也闷得慌，破客栈里困守着，还有什么生活可言。日内搬去宋春舫家，梅白格路六四三号，总可以舒泰些。

阿欢的字真有进步，他的自治力尤其可惊，我老子自愧不如也！丽琳寄一笔杆来"钝"我，但我还不动手，她一定骂我了！

老八生活如何，盼通信。此候

炉安

志摩　十二月十四日

致胡适

一九二三年八月八日

适之：

　　蒋复璁回来说起你在烟霞深处过神仙似的生活，并且要鼓动我的游兴，离开北京抛却人间烟火，也来伴你捡松实觅竹笋吃。我似乎听得见你的和缓带笑的语声。这远来的好意的传语，虽则在你不过一句随兴的话，但我听了仿佛是烟霞岭上的清风明月，殷勤地亲来召唤，使我半淹埋在京津尘嚣中的心灵，忽又一度颤动，我此时写字的笔尖也似含濡着不可理解的悲情，等待抒写。

　　适之，此次你竟然入山如此之深，听说你养息的成绩不但医痊了你的足疾，并且腴满了你的颜面，先前瘦损如黄瓜一瓢，如今润泽如光明的秋月，使你原来妩媚的谈笑，益发取得异样的风流。我真为你欢喜。你若然住得到月底，也许有一天你可以望见我在烟霞洞前下舆拜访。至迟到九月中旬，我一定回南的了。

说起泰谷尔①的事，昨天听说大学蒋校长决意不欢迎，还有吴稚晖已在预备一场谰语，攻击这不知自量的"亡国奴"。本来诗人的价值无藉于庸众的欢迎，泰谷尔的声誉也不是偶然取得的，他也忍受过种种的污蔑与诬毁，不过他此次既然好意来华，又不拿我们的钱，假如引起了一部分人的偏见或误解，岂非使他加倍的失望，你以为是否？他来大概至多不过三月，除了照例各大城巡行讲演以外（他讲演一定极少），我们本来想请他多游名胜，但恐天时太冷，地方又不安靖，预期甚难实现。你有什么见解，请随时告我。张彭春想排演他的戏，但一时又找不到相当的人。

林宗孟今日动身南下，他说不久就去西湖，也许特来访你，预先告你一声。

---

① 泰谷尔，通译泰戈尔（1861—1941），印度作家、诗人、社会活动家，著有诗集《吉檀迦利》等。

北京只有绵绵不断的蝉声。

在君已从关外回，昨在此长谈。

敬问

健安！

志摩　八月八日

致陆小曼

一九二五年三月三日自北京

小曼：

这实在是太惨了，怎叫我爱你的不难受？假如你这番深沉的冤曲有人写成了小说故事，一定可使千百个同情的读者滴泪，何况今天我处在这最尴尬最难堪的地位，怎禁得不咬牙切齿的恨，肝肠进断的痛心呢？真的太惨了，我的乖，你前生作的是什么孽，今生要你来受这样惨酷的报应？无端折断一枝花，尚且是残忍的行为，何况这生生的糟蹋一个最美最纯洁最可爱的灵魂。真是太难了，你的四周全是铜墙铁壁，你便有翅膀也难飞，咳，眼看着一只洁白美丽的稚羊让那满面横肉的屠夫擎着利刀向着她刀刀见血的蹂躏谋杀——旁边站着不少的看客，那羊主人也许在内，不但不动怜惜，反而称赞屠夫的手段，好像他们都挂着馋涎想分尝美味的羊羔哪！咳，这简直的不能想，实有的与想象的悲惨的故事我亦闻见过不少，但我爱，你现在所身受的却是谁都不曾想到过，更有谁有胆量来写？我倒劝你早些看哈代那本 *Jude the Obscure*[①]吧，那书里的女子 Sue 你一定很可同情她，哈代写的结果叫人不忍卒读，但你得明白作者的意思，将来有机会我对你细讲。

咳，我真不知道你申冤的日子在哪一天！实在是没有一个人能明白你，不明白也算了，一班人还来绝对的冤你，阿呸，狗屁的礼教，狗屁的家庭，狗屁的社会，去你们的，青天里白白的出太阳，这群人血管的水全是冰凉的！我现在可以放怀的对你说，我腔子里一天还有热血，你就一天有我的同情与帮助；我大胆的承受你的爱，珍重你的爱，永葆你的爱，我如其凭爱的恩惠还能从我性灵里放射出一丝一缕的光亮，这光亮全是你的，你尽量用吧！假如你能在我的人格思想里发现有些许的滋养与温暖，这也全是你的，你尽量使吧！最初我听见人家诬蔑你的时候，我就热

---

① *Jude the Obscure*，即《无名的裘德》。

烈的对他们宣言，我说你们听着，先前我不认识她，我没有权利替她说话，现在我认识了她，我绝对的替她辩护，我敢说如其女人的心曾经有过纯洁的，她的就是一个。(Her heart is as pure and unsoiled as any women's heart can be; and her soul as noble. ①) 现在更进一层了，你听着这分别，先前我自己仿佛站得高些，我的眼是往下望的，那时我怜你惜你疼你的感情是斜着下来到你身上的，渐渐的我觉得我的看法不对，我不应得站得比你高些，我只能平看着你。我站在你的正对面，我的泪丝的光芒与你的泪丝的光芒针对的交换着，你的灵性渐渐的化入了我的，我也与你一样觉悟了一个新来的影响，在我的人格中四布的贯彻；——现在我连平视都不敢了，我从你的苦恼与悲惨的情感里憬悟了你的高洁的灵魂的真际，这是上帝神光的反映，我自己不由的低降了下去，现在我只能仰着头献给你我有限的真情与真爱，声明我的惊讶与赞美。不错，勇敢，胆量，怕什么？前途当然是有光亮的，没有也得叫他有。一个灵魂有时可以到最黑暗的地狱里去游行，但一点神灵的光亮却永远在灵魂本身的中心点

---

① 意为：她的心同其他女子的心一样纯洁无瑕；她的灵魂也同其他女子的灵魂一样高尚。

着——况且你不是确信你已经找着了你的真归宿，真想望，实现了你的梦？来，让这伟大的灵魂的结合毁灭一切的阻碍，创造一切的价值，往前走吧，再也不必迟疑！

你要告诉我什么，尽量的告诉我，像一条河流似的尽量把他的积聚交给天边的大海，像一朵高爽的葵花，对着和暖的阳光一瓣瓣的展露她的秘密。你要我的安慰，你当然有我的安慰，只要我有我能给；你要什么有什么，我只要你做到你自己说的一句话——"Fight On"①——即使运命叫你在得到最后胜利之前碰着了不可躲避的死，我的爱，那时你就死，因为死就是成功，就是胜利。一切有我在，一切有爱在。同时你努力的方向得自己认清，再不容丝毫的含糊，让步牺牲是有的，但什么事都有个限度，有个止境；你这样一朵稀有的奇葩，决不是为一对不明白的父母，一个不了解的丈夫牺牲来的。你对上帝负有责任，你对自己负有责任，尤其你对于你新发现的爱负有责任，你已往的牺牲已经足够，你再不能轻易糟蹋一分半分的黄金光阴。人间的关系是相对的，应职也有个道理，灵魂是要救度的，肉体也不能永远让人家侮辱蹂躏，因为就是肉体也是含有灵性的。

---

① Fight On，意即"搏斗吧"。

总之一句话：时候已经到了，你得 Assert your own personality①。你的心肠太软，这是你一辈子吃亏的原因，但以后可再不能过分的含糊了，因为灵与肉实在是不能绝对分家的，要不然 Nora②何必一定得抛弃她的家，永别她的儿女，重新投入渺茫的世界里去？她为的就是她自己人格与性灵的尊严，侮辱与蹂躏是不应得容许的。且不忙慢慢的来，不必悲观，不必厌世，只要你抱定主意往前走，决不会走过头，前面有人等着你。

以后的信，你得好好的收藏起来，将来或许有用，在你申冤出气时的将来，但暂时决不可泄漏，切切！

摩　一九二五年三月三日

一九二五年三月四日自北京

小龙：

你知道我这次想出去也不是十二分心愿的，假定老翁

---

① 意为：力争自己的人格。

② Nora，即娜拉，易卜生剧作《玩偶之家》中的女主人公。

的信早六个星期来时，我一定绝无顾恋的想法走了完事①；但我的胸坎间不幸也有一个心，这个脆弱的心又不幸容易受伤，这回的伤不瞒你说又是受定的了，所以我即使走也不免咬一咬牙齿忍着些心痛的。这还是关于我自己的话；你一方面我委实有些不放心，不是别的，单怕你有限的勇气敌不过环境的压迫力，结果你竟许多少不免明知故犯，该走一百里路也只能走满三四十里，这是可虑的。

龙呀：你不知道我怎样深刻的期望你勇猛的上进，怎样的相信你确有能力发展潜在的天赋，怎样的私下祷祝有哪一天叫这浅薄的恶俗的势利的"一般人"开着眼惊讶，闭着眼惭愧——等到那一天实现时，那不仅是你的胜利也是我的荣耀哩！聪明的小曼：千万争这口气才是！我常在身旁自然多少于你有些帮助，但暂时分别也有绝大的好处，我人去了，我的思想还是在着，只要你能容受我的思想。我这回去是补足我自己的教育，我一定加倍的努力吸收可

---

① 徐志摩与陆小曼相爱的事，在陆的丈夫王赓知情以后，二人处于非常尴尬难堪的境地。1925年初正巧泰戈尔写信给徐志摩，约他去意大利会晤，于是这年3月10日徐就走上了欧游之途。信中所说："这次想出去……"即指这次旅欧之行，"老翁的信"即指泰戈尔的来信。在徐旅欧期间，陆小曼为与徐志摩相爱之事，同丈夫及亲生父母的矛盾激化，电召徐急归，徐于1925年7月回国。陆小曼于1926年与王赓离婚，同年10月3日与徐志摩结婚。

能的滋养，我可以答应你我决不枉费我的光阴与金钱，同时我当然也期望你加倍的勤奋，认清应走的方向，做一番认真的工夫试试，我们总要隔了半年再见时彼此无愧才好。你的情形固然不同，但你如其真有深彻的觉悟时，你的生活习惯自然会得改变的，我信F也能多少帮助你。

我并不愿意做你的专制皇帝，落后叫你害怕讨厌，但我真想相当的督饬着你，如其你过分顽皮时，我是要打的吓！有一件事不知你能否做到，如能倒是件有益而且有趣的事，我想要你写信给我，不是平常的写法，我要你当作日记写，不仅记你的起居等等，并且记你的思想情感——能寄给我当然最好，就是不寄也好，留着等我回来时一总看，先生再批分数，你如其能做到这点意思，那我就高兴而且放心了。同时我当然有信给你，不能怎样的密，因为我在旅行时怕不能多写，但我答应选我一路感到的一部分真纯思想给你，总叫你得到了我的消息，至少暂时可以不感觉寂寞，好不好，曼？关于游历方面，我已经答应做《现代评论》的特约通讯员，大概我人到眼到的事物多少总有报告，使我这里的朋友都能分沾我经验的利益。

顶要紧是你得拉紧你自己，别让不健康的引诱摇动你，别让消极的意念过分压迫你，你要知道我们一辈子果然能真相知真了解，我们的牺牲，苦恼与努力，也就不算是枉费的了。

摩　三月四日

一九二六年二月二十一日自硖石

眉爱：

今天该是你我欢喜的日子了，我的亲亲的眉眉！方才已经发电给适之，爸爸也写了信给他。现在我把事情的大致讲一讲：我们的家产差不多已经算分了，我们与大伯一家一半。但为家产都系营业，管理仍需统一。所谓分者即每年进出各归各就是了，来源大都还是共同的。例如酱业，银号，以及别种行业。然后在爸爸名下再作为三份开：老辈（爸妈）自己留开一份，幼仪及欢儿立开一份，我们得一份：这是产业的暂时支配法。

第二是幼仪与欢儿问题。幼仪仍居于女儿名，在未出嫁前担负欢儿教养责任，如终身不嫁，欢的一分家产即归她管；如嫁则仅能划取一份奁资，欢及余产仍归徐家，尔时即与徐家完全脱离关系。嫁资成数多少，请她自定，这得等到上海时再说定。她不住我家，将来她亦自寻职业，或亦不在南方；但偶尔亦可往来，阿欢两边跑。

第三：离婚由张公权①设法公布；你们方面亦请设法于最近期内登报声明。

这几条都是消极方面，但都是重要的，我认为可以同意。只要幼仪同意即可算数。关于我们的婚事，爸爸说这时候其实太热，总得等暑后才能去京。我说但我想夏天同你避暑去，不结婚不便。爸说，未婚妻还不一样可以同行？我说但我们婚都没有订。爸说："那你这回回去就订好了。"我说那也好，媒人请谁呢？他说当然适之是一个，幼伟来一个也好。我说那爸爸就写个信给适之吧。爸爸说好吧。订婚手续他主张从简，我说这回通伯、叔华是怎样的，他说照办好了。

眉，所以你我的好事，到今天才算磨出了头，我好不快活。今天与昨天心绪大大的不同了。我恨不得立刻回京向你求婚，你说多有趣。闲话少说，上面的情形你说给娘跟爸爸听。我想办法比较的很合理，他们应当可以满意。

但今年夏天的行止怎样呢？爸爸一定去庐山，我想先回京赶速订婚，随后拉了娘一同走京汉下去，也到庐山去

---

① 张公权，即张嘉璈（1889—1979）。早年留学日本，民国初年参加梁启超的进步党，后为金融界"南派"的领袖，曾任中国银行副总裁、总经理，抗战时任国民政府交通部部长。他是张幼仪的哥哥。

住几时。我十分感到暑天上山的必要，与你身体也有关系，你得好好运动娘及早预备！多快活，什么理想都达到了！我还说北京顶好备一所房子，爸说北京危险，也许还有大遭灾的一天。我说那不见得吧！我就说陶太太说起的那所房子，爸似乎有兴趣，他说可以看看去。但这且从缓，好在不急：我们婚后即得回南，京寓布置尽来得及也。我急想回京，但爸还想留住我，你赶快叫适之来电要我赶他动身前去津见面，那爸许放我早走。有事情，再谈吧！

你的欢畅了的摩摩

一九二六年七月十七日自碛石

小眉芳睐：

昨宿西山，三人谑浪笑傲，别饶风趣。七搔首弄姿，竟像煞有介事。海梦呓连篇，不堪不堪！今日更热，屋内升九十三度，坐立不宁，头昏犹未尽去。今晚决赴杭，西湖或有凉风相邀待也。

新屋更须月许方可落成，已决安置冷热水管。楼上下房共二十余间，有浴室二。我等已派定东屋，背连浴室，甚符理想。新屋共安电灯八十六，电料我自去选定，尚不太坏，但系暗线，又已装妥，将来添置不知便否？眉眉爱光，新床左右，尤不可无点缀也。此屋尚费商量，因旧屋前进正挡前门，今想一律拆去，门前五开间，一律作为草地，杂种花木，方可像样。惜我爱卿不在，否则即可相偕着手布置矣，岂不美妙。楼后有屋顶露台，远瞰东西山景，颇亦不恶。不料辗转结果，我父乃为我眉营此香巢；无此固无以寓此娇燕，言念不禁莞尔①。我等今夜去杭，后日（十九）乃去天目。看来二十三快车万赶不及，因到沪尚须看好家具陈设，煞费商量也。如此至早须月底到京，与眉聚首虽近，然别来无日不忐忑若失。眉无摩不自得，摩无眉更手足不知所措也。

昨回硖，乃得适之复电，云电码半不能读，嘱重电知。但期已过促，今日计程已在天津，电报又因水患不通，竟无以复电。然去函亦该赶到，但愿冯六处已有接洽，此是父亲意，最好能请到，想六爷自必乐为玉成也。

眉眉，日来香体何似？早起之约尚能做到否？闻北方

---

① 徐志摩的父亲徐申如在家乡硖石建造新宅时，恰与徐陆婚事将成的日期巧合，于是确定了新宅中徐陆的住房。徐陆恋爱初时，双方父母均反对，后经多方斡旋，徐家提出三个条件：一、结婚费用自理；二、必须请梁启超证婚；三、婚后与翁姑同居硖石。徐志摩未敢违抗父命，只得全部应允。

亦奇热，遥念爱眉独处困守，神驰心塞，如何可言？闻慰慈将来沪，帮丁在君①办事，确否？京中友辈已少，慰慈万不能秋前让走；希转致此意，即此默吻眉肌颂儿安好。

摩　七月十七日

一九三一年三月十九日自北平

爱眉亲亲：

今天星四，本是功课最忙的一天，从早起直到五时半才完。又有莎菲茶会，接着Swan请吃饭，回家已十一时半，真累。你的快信在案上。你心里不快，又兼身体不争气，我看信后，十分难受。我前天那信也说起老母，我未

---

① 丁在君，即丁文江（1887—1936），地质学家，早年留学日本、英国，民国初年任地质调查所所长。1926年4月，孙传芳任命他为淞沪商埠总办。

尝不知情理。但上海的环境我实在不能再受。①再窝下去，我一定毁；我毁，于别人亦无好处，于你更无光鲜。因此忍痛离开；母病妻弱，我岂无心？所望你能明白，能助我自救；同时你亦从此振拔，脱离痼疾；彼此回复健康活泼，相爱互助，真是海阔天空，何求不得？至于我母，她固然不愿我远离，但同时她亦知道上海生活于我无益，故闻我北行，绝不阻拦。我父亦同此态度；这更使我感念不置。你能明白我的苦衷，放我北来，不为浮言所惑：亦使我对你益加敬爱。但你来信总似不肯舍去南方。硖石是我的问题，你反正不回去。在上海与否，无甚关系。至于娘，我并不曾要你离开她。如果我北京有家，我当然要请她来同住。好在此地房舍宽敞，决不至如上海寓处的局促。我想只要你肯来，娘为你我同居幸福，决无不愿同来之理。你

---

① 在写此信的前后，徐志摩与陆小曼之间，思想感情上出现了裂痕。信中所说"在积习方面"，是指陆在翁瑞午的影响下染上了吸食鸦片的恶习。徐曾为此在1928年愤而走出外国；当他自海外归来时，陆小曼不仅吸毒"照旧未改；并且招恋了不少浮言"。所谓"浮言"，有人说是指陆小曼与家中常客兼按摩师翁瑞午之间的暧昧关系，这无须考证；而徐志摩在与林徽因的关系上所引起的"浮言"，虽然徐在信中说陆"放我北来，不为浮言所惑"，但终究是罩在他们中间的阴影；徐到北京后，单身住在胡适家，陆始终不肯北上，这一切正如徐在后来信中所说："烟虽不外冒，恰反向里咽。"

的困难，由我看来，决不在尊长方面，而完全是在积习方面。积重难返，恋土情重是真的。（说起报载法界已开始搜烟，那不是玩！万一闹出笑话来，如何是好？这真是仔细打点的时机了。）我对你的爱，只有你自己最知道，前三年你初沾上习的时候，我心里不知有几百个早晚，像有蟹在横爬，不提多么难受。但因你身体太坏，竟连话都不能说。我又是好面子，要做西式绅士的。所以至多只是短时间绷长着一个脸，一切都郁在心里。如果不是我身体茁壮，我一定早得神经衰弱。我决意去外国时是我最难受的表示。但那时万一希冀是你能明白我的苦衷，提起勇气做人。我那时寄回的一百封信，确是心血的结晶，也是漫游的成绩。但在我归时，依然是照旧未改；并且招恋了不少浮言。我亦未尝不私自难受，但实因爱你过深，不惜处处顺你从着你，也怪我自己意志不强，不能在不良环境中挣出独立精神来。在这最近二年，多因循复因循，我可说是完全同化了。但这终究不是道理！因为我是我，不是洋场人物。于我固然有损，于你亦无是处。幸而还有几个朋友肯关切你我的健康和荣誉，为你我另开生路，固然事实上似乎有不少不便，但只要你这次能信从你爱摩的话，就算是你牺牲，为我牺牲。就算你和一个地方要好，我想也不至于要好得连一天都分离不开。况且北京实在是好地方。你实在是过于执一不化，就算你这一次迁就，到北方来游玩一趟：不合意时尽可回去。难道这点面子都没有了吗？我们这对夫妻，说来也真是特别；一方面说，你我彼此相互的受苦与牺牲，不能说是不大。很少夫妇有我们这样的脚跟。但另一方面说，既然如此相爱，何以又一再舍得相离？你是大方，固然不错，但事情总也有个常理。前几年，想起真可笑。我是个痴子，你素来知道的。你真的不知道我曾经怎样渴望和你两人并肩散一次步，或同出去吃一餐饭，或同看一次电影，也叫别人看了羡慕。但说也奇怪，我守了几年，竟然守不着一单个的机会，你没有一天不是 engaged①的，我们从没有 privacy②过。到最近，我已然部分麻木，也不想望那种世俗幸福。即如我行前，我过生日，你也不知道。我本想和你同吃一餐饭，玩玩。临别前，又说了几次，想要实行至少一次的约会，但结果我还是脱然远走，一单次的约会都不得实现。你说可笑不？这些且不说它，目前的问题：第一还是你的身体。你说我在家，你的身体不易见好，现在我不在家了，不正是你加倍养息的机会？所以你爱我，第一就得咬紧牙根，养好身体；其次想法脱

---

① engaged，意即"有约会"。

② privacy，意即私生活。

离习惯，再来开始我们美满的结婚幸福。我只要好好下去，做上三两年工，在社会上不怕没有地位，不怕没有高尚的名誉。虽则不敢担保有钱，但饱暖以及适度的舒服总可以有。你何至于遽尔悲观？要知道，我亲亲至爱的眉眉，我与你是一体的，情感思想是完全相通的；你那里一不愉快，我这里立即感到。心上一不舒适，如何还有勇气做事？要知道我在这里确有些做苦工的情形。为的无非是名气，为的是有荣誉的地位，为的是要得朋友们的敬爱，方便尤在你。我是本有颇高地位，用不着从平地筑起，江山不难取得，何不勇猛向前？现在我需要我缺少的只是你的帮助与根据于真爱的合作。眉眉！大好的机会为你我开着，再不可错过了。时候已不早（二时半），明日七时半即须起身。我写得手也成冰，脚也成冰。一颗心无非为你，聪明可爱的眉眉，你能不为我想想吗？

北大经过适之再三去说，已领得三百元。昨交兴业汇沪收账。女大无望，须到下月十日左右再能领钱，我又豁边了，怎好？南京日内或有钱，如到，来函提及。

祝你安好，孩子！上沅想已到，一百元当已交到。陈图南不日去申，要甚东西，来函告知。

你的摩摩

一九三一年十月二十九日自北平

至爱妻眉：

今天是九月十九日，你二十八年前出世的日子，我不在家中，不能与你对饮一杯蜜酒，为你庆祝安康。这几日秋风凄冷，秋月光明，更使游子思念家庭。又因为归思已动，更觉百无聊赖，独自惆怅。遥想闺中，当亦同此情景。今天洵美等来否？也许他们不知道，还是每天似的，只有瑞午一人陪着你吞吐烟霞。①

眉爱，你知我是怎样的想念你！你信上什么"恐怕成病"的话，说得闪烁，使我不安。终究你这一月来身体有否见佳？如果我在家你不得休养，我出外你仍不得休养，那不是难了吗？前天和奚若谈起生活，为之相对生愁。但他与我同意，现在只有再试试，你从我来北平住一时，看是如何。你的身体当然宜北不宜南！

---

① 翁瑞午在徐志摩死前一两年间，不仅是徐家日夕出入的座上客，而且是经常陪伴陆小曼一起吸食鸦片的烟侣，因而当时社会上乃有二人关系暧昧的"浮言"流传。徐逝世后，陆小曼得到翁瑞午的很多照顾，但他们一直没有正式结婚。

爱，你何以如此固执，忍心和我分离两地？上半年来去频频，又遭大故，倒还不觉得如何。这次可不同，如果我现在不回，到年假尚有两个多月。虽然光阴易逝，但我们恩爱夫妻，是否有此分离之必要？眉，你到哪天才肯听从我的主张？我一人在此，处处觉得不合式；你又不肯来，我又为责任所羁，这真是难死人也！

百里那里，我未回信，因为等少蝶来信，再作计较。竞武如果虚张声势，结果反使我们原有交易①不得着落，他们两造，都无所谓；我这千载难逢的一次外快又遭打击，这我可不能甘休！竞武现在何处，你得把这情形老实告诉他才是。

你送兴业五百元是哪一天？请即告我。因为我二十以前共送六百元付账，银行二十三来信，尚欠四百元，连本月房租共欠五百有余。如果你那五百元是在二十三以后，那便还好，否则我又该着急得不了了！请速告我。

车怎样了？②绝对不能再养的了！

大雨家贝当路那块地立即要出卖，他要我们给他想法。

---

① 指徐志摩迫于经济压力，想方设法去为蒋百里、孙大雨卖房做中人，以赚取佣金。

② 徐志摩由于入不敷出，要求陆小曼不能再继续包养黄包车和车夫。

他想要五万两，此事瑞午有去路否？请立即回信，如瑞午无甚把握，我即另函别人设法。事成我要二厘五的一半。如有人要，最高出价多少，立即来信，卖否由大雨决定。

　　明天我叫图南汇给你二百元家用（十一月份），但千万不可到手就宽，我们的穷运还没有到底；自己再不小心，更不堪设想。我如有不花钱飞机坐①，立即回去。不管生意成否。我真是想你，想极了！

　　　　　　　　　　　　　　　　摩吻　十月二十九日

---

① 徐志摩为经济困窘所迫，虽屡屡哀求陆小曼移居北平而不得，只得时时奔波于平沪间。为了节省路费，所以日夕不忘取得免费的机票，岂料就因为"有不花钱的飞机坐"，竟在写过此信不久的1931年11月19日遇空难而丧生。

致周作人

一九二七年十月二十六日

启明我兄：

今日得简，甚喜。江南秋光正好，艳日和风，不寒不暖，极想出门玩去，又为教务所累，天天有课，一步也行不得，对此光景，能不懊怅！上海生活，诚如兄言，真是无从喜欢，除了光滑马路，无一可取。一辈子能淘成得几许性灵，又生生叫这烦嚣窒灭，又无从振拔。家中老小，一年来唯有病缘，求医服药，日夜担心，如此生活，焉得著述闲情！笔政荒无，自觉无颜。遥想老兄安居城北，拂拭古简古笺，写三两行字，啜一碗清茶，养生适性，神仙亦不过如此，着实可羡。此固是老兄主意坚定，不为时潮所弃，故有此福，亦其宜也。大作尚未寄到，前日正翻阅两大书，趣味冷然，别有胸襟，岂意于二十世纪复能得此？愿兄暇时更多事抒写众生苦闷，亦可怜也。新月广告，语涉夸狂，然此皆出主事者手笔，我不与闻，盖所谓"广告"者是也。云裳本意颇佳，然兴趣一懈，即一变而为成衣铺，江小鹣亦居然美术家而裁缝矣。凤举何在？盼为致意。

志摩敬候　十月二十六日

致林徽音

一九三一年七月七日

徽音：

我愁望着云泞的天和泥泞的地，直担心你们上山一路平安。到山上大家都安好否？我在记念。

我回家累得直挺在床上，像死人——也不知哪来的累。适之在午饭时说笑话，我照例照规矩把笑放上嘴边，但那笑仿佛离嘴有半尺来远，脸上的皮肉像是经过风腊，再不能活动！

下午忽然诗兴发作，不断的抽着烟，茶倒空了两壶，在两小时内，居然诌得了一首。哲学家①上来看见，端详了十多分钟，然后正色的说："It is one of your very best."②但哲学家关于美术作品只往往挑错的东西来夸，因而，我还不敢自信，现在抄了去请教女诗人，敬求指正！

雨下得凶，电话电灯会断。我讨得半根蜡，匍伏在桌上胡乱写。上次扭筋的脚有些生痛。一躺平眼睛发跳，全身的脉搏似乎分明的觉得。再有两天如此，一定病倒——但希望天可以放晴。

思成恐怕也有些着凉，我保荐喝一大碗姜糖汤，妙药也！宝宝老太都还高兴否？我还牵记你家矮墙上的艳阳。此去归来时难说完，敬祝山中人"神仙生活"，快乐康强！

脚疼人　洋郎牵（洋）牛渡（洋）河夜

你　去

你去，我也走，我们在此分手；

你上那一条大路，你放心走，

你看那街灯一直亮到天边，

---

① 指金岳霖。

② 意为：这是你最好的诗之一。

你只消跟从这光明的直线！

你先走，我站在此地望着你：

放轻些脚步，别教灰土扬起，

我要认清你远去的身影，

直到距离使我认你不分明。

再不然，我就叫响你的名字，

不断的提醒你，有我在这里，

为消解荒街与深晚的荒凉，

目送你归去……

不，我自有主张，

你不必为我忧虑；你走大路，

我进这条小巷。你看那株树，

高抵着天，我走到那边转弯，

再过去是一片荒野的凌乱；

有深潭，有浅洼，半亮着止水，

在夜芒中像是纷披的眼泪；

有乱石，有钩刺胫踝的蔓草，

在守候过路人疏神时绊倒，

但你不必焦心，我有的是胆，

凶险的途程不能使我心寒。

等你走远，我就大步的向前，

这荒野有的是夜露的清鲜；

也不愁愁云深裹，但求风动，

云海里便波涌星斗的流汞；

更何况永远照彻我的心底，

有那颗不夜的明珠，我爱——你！

七月七日

名家散文

鲁迅：直面惨淡的人生

胡适：天下没有白费的努力

许地山：爱我于离别之后

叶圣陶：藕与莼菜

茅盾：斗争的生活使你干练

郁达夫：夜行者的哀歌

徐志摩：我有的只是爱

庐隐：我追寻完整的生命

丰子恺：我情愿做老儿童

朱自清：热闹是它们的，我什么也没有

老舍：有朋友的地方就是好地方

冰心：繁星闪烁着

废名：想象的雨不湿人

沈从文：每一只船总要有个码头

梁实秋：烟火百味过生活

林徽因：你是人间的四月天

巴金：灯光是不会灭的

戴望舒：我的心神是在更远的地方

梁遇春：吻着人生的火

张中行：临渊而不羡鱼

萧红：我的血液里没有屈服

季羡林：微苦中实有甜美在

何其芳：紧握着每一个新鲜的早晨

孙犁：人生最好萍水相逢

琦君：粽子里的乡愁

苏青：我茫然剩留在寂寞大地上

林海音：唯有寂寞才自由

汪曾祺：如云如水，水流云在

陆文夫：吃也是一种艺术

宗璞：云在青天

余光中：前尘隔海，古屋不再

王蒙：生活万岁，青春万岁

张晓风：年年岁岁岁岁年年

冯骥才：生活就是创造每一天

肖复兴：聪明是一张漂亮的糖纸

梁晓声：过小百姓的生活

赵丽宏：闪烁在旷野里的微光

王旭烽：等花落下来

叶兆言：万事翻覆如浮云

鲍尔吉·原野：为世上的美准备足够的眼泪